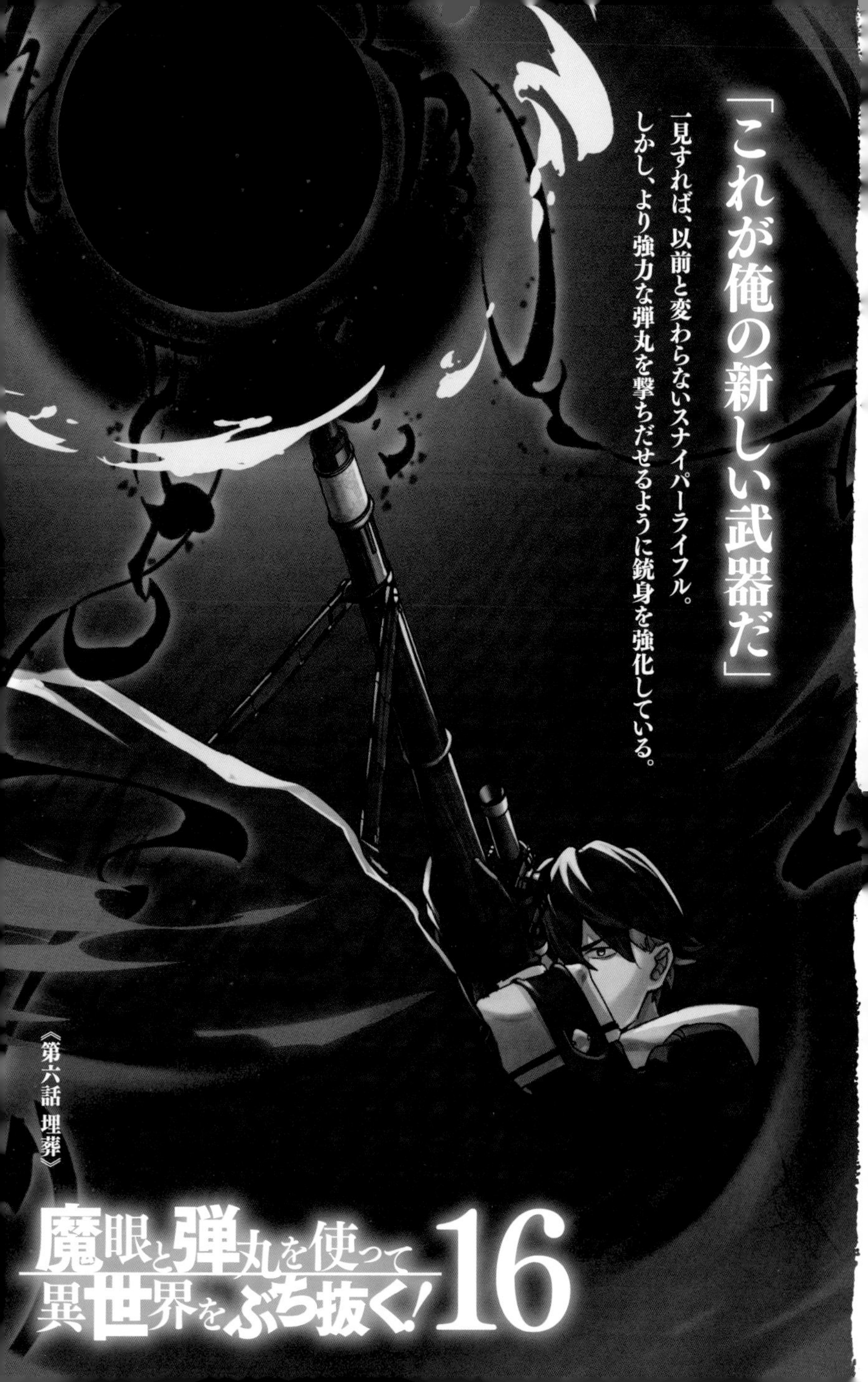
「これが俺の新しい武器だ」

一見すれば、以前と変わらないスナイパーライフル。

しかし、より強力な弾丸を撃ちだせるように銃身を強化している。

《第六話 埋葬》

魔眼と弾丸を使って異世界をぶち抜く！16

大きく重い扉が勢いよく一気に開け放たれると、
赤、青、緑の巨大な鬼が飛び出してくる。

『創造神どもめ、殺してやるぞおお！』
《第五話『聖神[redacted]』》

「ふわあ、温泉ってきんもちいいねえ！」
「これは他の国にはなかった文化ですっ」
《第一話　次の目的地》

魔眼と弾丸を使って異世界をぶち抜く！

16

かたなかじ

イラスト：赤井てら

Author:Katanakaji
Illustration:Akai tera

口絵・本文イラスト　赤井てら

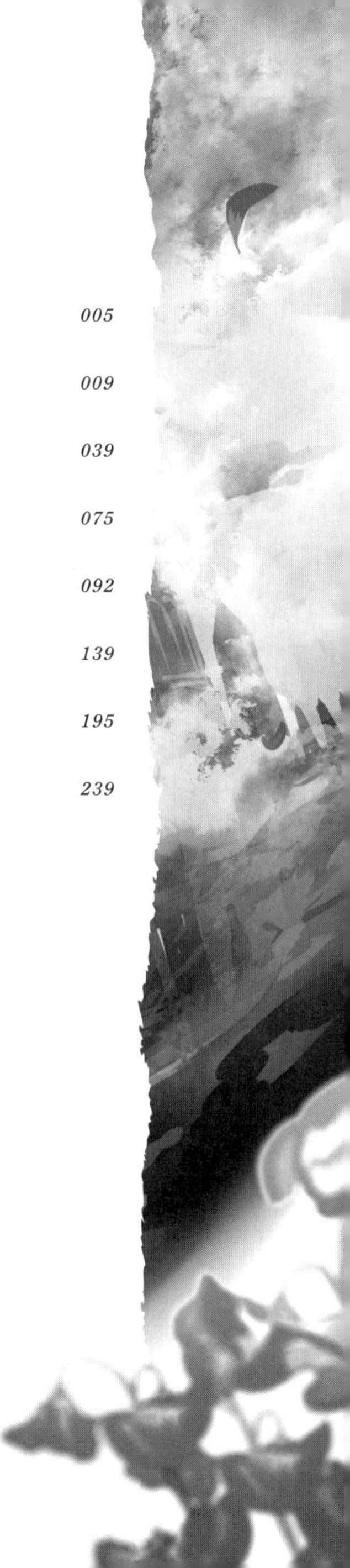

前巻のあらすじ

聖王国リベルテリアの改革が進む中、アタルたちは東のヤマトの国に向かっていた。

馬車の操縦をリリアに任せたことで、魔物《まもの》が大量にいるエリアを通過してしまい、対処できない数の魔物たちに追いかけられてしまった。

アタルの弾丸《だんがん》で少しずつ数は減らしていたが、魔物の増加量の方が多く、ピンチに陥《おちい》る。

そこで、アタルたちはサエモンという名のサムライに助けられた。

彼《かれ》は刀気という力と居合切りを組み合わせた攻撃《こうげき》で魔物たちを一刀両断に伏《ふ》した。

彼の案内でヤマトの国に向かったが、話を聞いていくと彼はこの国の将軍だという。

自分たちが何者なのか説明するために、神の力を見せる。

その瞬間《しゅんかん》、将軍を守ろうと飛び込《こ》んできたのは、この国の最強のサムライである五聖刀と呼ばれる五人だった。

誤解を解くことができたあとは、彼らとも打ち解けて宴会《えんかい》を開くことになった。

そこで聞いたのが、この国には霊峰《れいほう》不死という山があり、そこに邪神《じゃしん》が封印《ふういん》されているという。

将軍家の使命として、封印を守るというものがあったサエモンが邪神の手がかりを追いたいアタルたちを山に案内してくれることになった。

だが、将軍であるサエモンはここ数日仕事をほったらかしていたため、代わりに五聖刀筆頭のマサムネが同行してくれた。

実のところ、マサムネの目的はアタルたちに刀気を実戦の中で教えることだとわかる。

サムライ秘伝の技であるそれを伝えるためにアタルと模擬《もぎ》戦を行い、アタルはそれを自分の武器に併《あわ》せてアレンジし、銃気《じゅうき》に目覚める。

そのまま山頂の更《さら》に奥《おく》にある封印の大岩の確認《かくにん》に向かうと、封印が弱くなっているようだった。

経年変化もあるが、この大岩には二つの邪神の欠片《かけら》が封印されていることを知る。

そのことを報告するために、アタルたちは城に戻《もど》ることにした。

その報告の最中、大きな揺《ゆ》れがヤマトの国を襲《おそ》う。

嫌《いや》な気配を感じたアタルが飛び出して山を確認すると、霊峰不死は赤く染まっていた。

どうやら邪神の封印が解けかかっており、力が漏《も》れ出しているのが伝わってくる。

アタルたちと五聖刀は急いで山に向かうと、そこには宝石竜二柱《ほうせきりゅうふたはしら》がおり、五聖刀とサエモンたちが相手取った。

先を急ぐアタルたちは封印の大岩へと向かい、ラーギルと再会する。

そこで放ったイフリアのブレスをラーギルが封印解除の力へと転用したため、一気に邪神の封印が解除されてしまった。

二つの欠片の力を持つ邪神は、目覚めたばかりとは言え、不完全な復活を遂《と》げたリベルテリアでの邪神とは、持つ力が格段に違《ちが》った。

このまま戦っては負ける可能性が高い。

それを打開したのが駆《か》けつけてくれた五聖刀たちだった。

刀気をこめた攻撃によって邪神にダメージを与《あた》えていく。

そして、封印の大岩を作った神アメノマの血を引くサエモンがその力を使い、自らの命を代償《だいしょう》に再度邪神を封印することに成功する。

しかし封印できたのは半分だけで、もう半分によって五聖刀のコンゴウの命が奪《うば》われる。

アタルたちは半分となった邪神を相手に戦っていくことになる。

その途中《とちゅう》でキャロはアスラナから託《たく》された魔《ま》神《じん》の剣《けん》にルビードラゴンの核《かく》をはめることで、最強の武器を手にして戦った。

そしてアタルたちが持つ神々の力全《すべ》てをこめた弾丸が邪神に命中し、なんとか邪神を倒すことに成功した。

だが勝利の余韻《よいん》にひたる間も、仲間を失った悲しみにくれる時間もなく、邪神を封印した大岩はラーギルに持っていかれてしまった。

それでも邪神の脅威《きょうい》が完全になくなったわけではない以上、立ち止まっている余裕《よゆう》はなく、未来のためにも前を向いて動かなければならない。

将軍は妹であるマサムネが継《つ》ぐこととなり、五聖刀は三聖刀となった。

新たな門出《かどで》を祝う宴会が開かれる中、その夜、城の屋根の上で酒を飲んでいたアタルのもとへある人物が訪《たず》ねてくる。

それは死んだと思われたサエモンだった。

命を懸《か》けてでも妹を守りたいと願ったサエモンの思いを汲《く》んだアメノマが、死ぬには惜《お》しいと彼の魂《たましい》を保護してくれたのだ。

サエモンという新たな仲間を加えたアタルたちは旅を再開するのだった――。

第一話　次の目的地

「それじゃ、俺《おれ》たちはヤマトの国をまわってみることにするよ」

早朝の澄《す》み切った空気の中、アタルが城下町の北門でマサムネたちに挨拶《あいさつ》をする。

「本当に案内役をつけなくてもよいのか？」

出発直前だというのに、心配そうな顔をしたマサムネは何度目かになる質問を投げかけてきた。

「あぁ、大丈夫《だいじょうぶ》だ。地図はもらったし、ふらふら見て回るのも楽しいだろ。最悪迷子になったらイフリアの背中に乗っていけばいいしな」

これまで長い旅の経験をしてきているアタルが言うと経験からの根拠《こんきょ》を感じ、マサムネはそれ以上言えることはない。

「ま、気持ちはありがたく受け取っておくよ。それより、みんなそろそろ戻ったほうがいい。早朝とはいえ徐々《じょじょ》に人が増えてきたからな」

ふっと笑ったアタルはマサムネたちに城への帰還《きかん》を促《うなが》していく。

外から来た旅人に対して、将軍をはじめとした上のものたちが挨拶しているのは、見栄《みば》えが悪いし、噂《うわさ》になってしまう。

城下町の住民はアタルたちの活躍《かつやく》を知らないため、この光景は異様なものに映るはずだ。

「そう、だな――では、また会おう」

表情をやわらげたマサムネが頭を下げると、三聖刀や家老たちが一緒《いっしょ》に頭を下げていく。

「だから、そういうところなんだが……まあ、いいか。こっちこそ色々と世話になったな。それじゃ」

これ以上ここにいても注目が集まってくるだけであるため、やれやれと肩《かた》をすくめたアタルは軽く手を上げて挨拶をすると早々に旅立っていった。

それでも名残《なごり》おしいマサムネたちは、各々《おのおの》アタルたちの姿が見えなくなるまで手を振《ふ》り続けている。

「――いや、もう戻っていいだろ……」

思わずアタルが呆《あき》れ交じりにボヤキたくなるくらい、彼らの見送りは続いていた。

しばらくアタルたちが街を進んでようやく背中が見えなくなるくらいまでのところで、彼らが城へ戻っていくのを気配で感じ取った。

「………行きましたよっ」

そのタイミングでにっこり笑ったキャロが馬車の下に声をかける。

「やっとか……。あいつら、見送りが長すぎだ……」

ぼりぼりと頭をかきながら少し疲《つか》れた顔で馬車の裏から現れたのはサエモンだった。

見えない場所に隠《かく》れるように潜《ひそ》んでいたため、体が凝《こ》り固《かた》まっているようである。

「悪かったな。本当だったら街から出たところですぐに上がってもらうつもりではいたんだが……」

「いや、わかっているから大丈夫だ。俺もまさかあいつらがあそこまで長々といるとは思わなかったからな」

自分の妹や元部下たちながら、馬車が見えなくなるまで手を振り続けることになるとは思ってもおらず、それだけアタルたちに恩義を感じていただろうことがわかる。

ゆえに、サエモンも怒ることはせずに、苦笑《くしょう》していた。

「それだけ義理堅《ぎりがた》いってことなんだろう。一緒に戦ったが、彼女《かのじょ》たちからすれば俺たちの貢献度《こうけんど》は高いだろうから、感謝の気持ちをもっているんだろうな」

アタルたちも彼らに悪気があってやっていることではないとわかっているため、強く言わなかった。

最終的に邪神に止《とど》めをさしたのはアタルであり、そのことを目の前で見たマサムネ、そして三聖刀は心より感謝していた。

「あの戦いはアタル殿《どの》やみんながいなければ確実に負けていた。我々が負けていれば、恐《おそ》らくこの国は滅《ほろ》んだ……いや、被害《ひがい》はヤマトの国だけにはとどまらなかっただろう」

硬《かた》い表情をするサエモンの脳裏《のうり》には、世界中が邪神によって荒《あ》らされる光景が思《おも》い浮《う》かんでいた。

「なんとかなってよかった……と言いたいところだが、一体分は倒《たお》せたが、もう一体はラーギルに持ってかれたからな」

淡々《たんたん》とした口調ではあるが、アタルの言葉尻《ことばじり》には悔《くや》しさがにじんでいた。

邪神の問題は解決しておらず、それどころかこのまま他の邪神を復活させられてしまう可能性を残してしまったため、今後大きな問題になってしまうことが想像できる。

この言葉に馬車内の空気も心なしか重くなっていく。

「――えー、でもさあ」

その空気を破るようにけろっと声をかけてきたのは御者台《ぎょしゃだい》にいるリリアだった。

「あ、代わりますねっ」

キャロがそう申し出て、御者を交代する。

「うん、ありがと！　……でさあ、確かにあいつに邪神は持っていかれたけど、私たちも確実に強くなってるからなんとかなるんじゃないかなあって思うんだよね！」

にかっと笑ったリリアはそう言って自らが持つ魔神《まじん》の槍《やり》をポンポンと叩《たた》いて見せる。

「キャロだって、ね」

同意を求めるようにリリアが声をかけると、今度はキャロが笑顔《えがお》を返しながら自らの腰《こし》にある魔神の剣をポンポンと叩いて見せた。

「というわけ！」

暗くなる理由はない、とリリアは自信たっぷりに胸を張る。

「ふっ、確かにそうだな。今回の戦いではキャロの武器に魔核《まかく》を取り込むことができた」

彼女が気を使ってくれていることに気づいて、アタルも柔《やわ》らかい笑顔になる。

「それに、心強い味方も増えたしな？」

アタルはサエモンに意地悪く笑いかける。

「い、いや、私は別に……なあ？」

どう答えていいのか戸惑《とまど》った彼は、苦笑いとともに思わずリリアに振ってしまう。

「うん、サエモンは強いよね！」

しかし、リリアから返って来た答えは予想と違い、シンプルに手放しで彼のことを称賛《しょうさん》するものである。

「おおう、まさかそんなに私のことを買ってくれているとはな……」

まさかの返答を聞いたサエモンは、居心地《いごこち》悪そうに頬《ほお》をかきながら笑っている。

力を認めてくれるのは嬉《うれ》しいことではあった。

それでも、サエモンは素直《すなお》にその言葉を受け入れることはできずにいる。アタルたちはみんな神の力を持っているが、彼だけはアメノマの力を失っている。

そのことがどうしても気がかりで表情も思わしくない。

「……まあ、しばらくは旅を楽しもう。次の目的地はどんな場所なんだ？」

アタルは彼の憂《うれ》いを察して、話を切り替《か》えた。

「あぁ、そうだった。まだ説明していなかったか。なかなかゆったりとできそうな街を選んでいるぞ。きっと喜んでくれるはずだ！」

そう答えたサエモンは自信があるのか、ニヤリと笑う。

「ほう、そいつは楽しみだ」

サエモンの確信を持った答えに、アタルも自然と笑《え》みが浮かんでいた。

城下町から旅立ったアタルたちはマサムネたちに告げたように、あちこち見つつも数日かけて、目的の街へとたどり着いた。

「あぁ、確かにここはいいな」

「だろう？」

サエモンの案内で連れてこられた場所はアタルを満足させるものだったようで、嬉しそうに視線の先にある場所を見ながら頷《うなず》いている。

「私も久しぶりに来たが、開放感のある風呂《ふろ》というものはやはりいいものだ」

アタルたちの目の前にあるのはヤマトの国にある温泉街――ムサシの街。

この街は、あちこちに温泉が湧《わ》いていて、各所から白い湯けむりがもくもくと立ち上り、温泉特有の香《かお》りが街中に広がっている。

火照《ほて》った顔に浴衣《ゆかた》を着て歩いている者や泊《と》まりに来ただろう人たちで結構にぎわっていた。

サエモンがムサシの街を選んだのには、アタルが故郷を懐《なつ》かしめる場所という理由があった。

そして、温泉街の中でサエモンがお気に入りのこの街を選んだ。

ずっしりと構えた木造の宿は、老舗《しにせ》であるため周囲の宿よりも少し値が張るが、その分静かでゆっくりするのにピッタリの場所だった。

「こちらへどうぞ」

出迎《でむか》えた女将《おかみ》に特別客用の離《はな》れの大きい部屋へと案内される。

温泉街の匂《にお》いに慣れていないバルキアスとイフリアは部屋で留守番を、キャロとリリアは宿にある女性風呂へ走っていった。

部屋にも露天風呂《ろてんぶろ》があるようで、アタルたちはそちらへと向かう。

「あぁ……温泉だなんてこっちの世界にはないと思っていたから最高だ。しかも露天風呂というのは気が利《き》いている――これもな」

表情を緩《ゆる》ませながら、アタルは湯船に浮かんだお盆《ぼん》に載せた酒を口にする。

「うむ、このあたりはここらで一番の米どころでな。水もきれいだし、いい米はいい酒を生む。風呂からあがったら、美味《うま》い物が食べられるはずだぞ」

アタルたちが風呂に入っている間に食事の用意をしているらしく、一時間ほど経《た》てばできるようだ。

「それは楽しみだ」

その話に機嫌《きげん》を良くしたアタルは改めて酒を口に含《ふく》む。

それを飲み干してから、改まった口調でサエモンに尋ねる。

「――それで、改めて聞くが……本当に生きていることを話さなくてよかったのか？」

風のささやきと源泉かけ流しの湯がドボドボと流れる音が心地《ここち》よい中、アタルがふと口を開く。

この話は前にもサエモンに聞いたことではあった。

家族と家族にも等しい仲間を二人も同時に失ったことは彼らに大きな悲しみを背負わせ、その悲しみに苦しみながら生きるのは辛《つら》いことなのではないか、と。

「……あぁ、いいんだ。私とコンゴウの死くらいは乗り越《こ》えてもらわないとな。そうでなければ、今後誰《だれ》かが死ぬ度に足を止めてしまうことになる。そんなことになって、本来の力を発揮できずに苦しむのはほかでもない、あいつら自身だ」

遠くを見るような顔をしたサエモンの言葉は厳しいようだが、これもマサムネたちのことを考えての暖かい想《おも》いのこもったものである。

「そう、か。ならいいさ。あとはこの国にいる間、見つからないようにしないとだな」

出発の時も、馬車裏に隠れるという力技を使って切り抜《ぬ》けた。もちろん気配も力も消して、誰にもばれないようにしてのことである。

アタルたちを疑う様子もないマサムネたちが何かしらの形で見張ったり、追いかけてきたりすることはないとはわかっているが、一応念のために気配を探《さぐ》りながら用心を重ねてここまでやってきていた。

「あいつらは全員が国でもトップレベルの手練《てだ》れだからな。少しでも俺の力が漏れれば感じ取られてしまうから、馬車にいた時も気が気じゃなかった」

――それならば、この国をさっさと出ればいい。

そうアタルは思っているが、サエモンがこの国にとどまることを決めたのには、理由があるのだろうと予想している。

それからしばらく雑談が続くが、途中で真剣《しんけん》な表情へと切り替わったサエモンは意を決したように話していく。

「……私は今回の邪神との戦いで、自分の力のなさを感じた」

自分の中の辛い思いを吐露《とろ》していく。

「アタル殿たちの力は、もちろん神々の力を借りたすごいものだというのはある。だが、それだけでなく、それぞれが力の使い方を理解していて、戦いの経験も豊富だ」

「まあ、俺たちはそれなりにはやってきたが、サエモンだって自主的に砂漠《さばく》の見回りをしたり、五聖刀と試合をしたりはしていたんだろ?」

経験という意味ではサエモンは足らないとは思っていないため、アタルは不思議そうな顔で質問を投げかける。

「いや、それはただ数をこなしているだけだ。アタル殿たちのように多種多様な敵を相手に得た経験ではない。今回の相手が邪神一柱だったとして、五聖刀が全員揃《そろ》っていたとして、それでもアタル殿たちがいなかったら間違《まちが》いなく我々は敗北していただろう」

やけに確信めいたサエモンの言葉に引っかかったアタルは首を傾《かし》げる。

「そうはいうが、あのメンバーが揃っていて全力を出せていれば、六人の力でなんとかなっていたと思うぞ?」

アタルが実力を見た限り、それくらいには能力の高い面々だった。

邪神相手でも、一対六であれば彼らにも勝機があったとアタルは踏《ふ》んでいた。

「いいや、今回の戦いは場所がよかったのと、我《わ》が祖先であるアメノマ様が封印した邪神の欠片だったというのが大きいだろう」

不死の山に漂《ただよ》う気がサエモンたちを強化した。

更に封印されていた欠片はアメノマの力で抑《おさ》え込まれたもののため、自身に流れるアメノマの血が封印の助力をしてくれていた。

「それから、アタル殿たちがいたというのが最大の理由だ」

「……俺たち?」

特別なにかをした覚えがないため、アタルは不思議に思って再度首を傾げる。

「アタル殿たちはこの国の人間ではない。にもかかわらず、あの場で命をかけて戦ってくれただろう?」

命がけで戦わなければ勝てないほどの強力な相手だったのは、サエモン自身も実感していた。

（と言われても、邪神との戦いは俺たちが続けてきたことで、ラーギルを倒しきれない俺たちの落ち度でもあるからなあ）

そう思いつつも、あえて口をはさむことなく、アタルはただ頷くだけにする。

サエモンの話はここで終わりではないと感じているため、まずは彼の想いを全て聞こうと考えていた。

「そして、その力は我々の予想を遥《はる》かに超《こ》えるものだった。それでも邪神は強く、苦しい戦いだった」

（確かにそうだな。圧倒《あっとう》、とまでいかなくてもこちらが有利な時間をもっと作れるとよかったんだが……）

邪神との戦いを脳裏に思い出しながら、アタルは勝利した今も邪神と自分たちの力に差があると感じている。

「だが、それでもだ、アタル殿たちはそれぞれが持つ力を最大限に使って、邪神の封印に助力してくれて、更にはもう一柱の邪神を倒してくれた……そんなアタル殿たちと共にいるために、私は強くならなければならない！」

サエモンは、自分の実力がアタルたちとともにいるには足りないことを自覚している。ゆえにもっと強くなるしかない、と彼は考えていた。

「それは俺たちも同じだ。もし邪神の半分を封印できなかったら、勝てなかっただろう」

アタルも今の自分たちの実力に満足しているわけではない。

今回の戦いも他の邪神との経験があり、新たな力を得たからこそ勝つことができたが、まだまだ足りない。

「あのように二つ以上の封印が解かれるようなことが今後もあり得る、と?」

緊張《きんちょう》の面持《おもも》ちでサエモンが問いかける。

今回はたまたま二つの欠片が封印されていたからこそであり、他の場所はそうではないのではないか？　という予想のもとの発言だった。

「あぁ、十分その可能性はある。今回の封印解除を画策したのは、ラーギルという名の魔族だ。あいつは今回封印ごと邪神を持って行ってしまった。次は確実に封印を解除するだろうし、その解除する対象が複数ということも考えられる」

ラーギルという男ならそうするだろうと、アタルは予想している。その表情は苦々しいものになっている。

「なるほどな……私たちの知らないところでそれをされては、どうしようもない、という

てしまう。

そんな状況《じょうきょう》になってしまえば、本来の力を取り戻した邪神と真っ向から戦うことになってしまう。

「というわけで、強くなりたいと思ってはいるものの……なかなか厳しい」

今回ヤマトの国では、霊峰不死で力を吸収し、アタルは手袋《てぶくろ》を、キャロとリリアは柄《つか》に細工を施《ほどこ》すことで装備面の強化を行っている。

現状、これ以上の装備面での強化は難しい。

「新たな神、というのも現実的じゃないんだよなあ」

既《すで》に四神の力、宝石竜《ほうせきりゅう》の力、女神《めがみ》の武器を手に入れているアタルたち。

そんな彼らが新たな神を探して、しかもその神が力を貸してくれるというのはかなり可能性の低いことだった。

「なにか、新しいきっかけでもあるといいんだが……」

そう言うと、アタルは酒をくいっと飲んで黙《だま》ってしまう。

「……心当《ひ》たりが一つある」

決意を秘めた顔をしたサエモンはそう言うと、手にしている酒を一気にあおった。

一方で女性風呂。

宿の大きい浴場にやって来たキャロとリリアだったが、ちょうど彼女たちだけしかおらず、貸し切り状態になっていた。

いろんな温度帯の湯船がある中で、外の露天風呂に二人はいる。

「ふわあ、温泉ってきんもちいいねえ！」

誰もいないのをいいことに、リリアは身体を大きく広げて浸《つ》かっている。

これほどに大きな風呂で、しかも外の空気を感じられる露天風呂ということにリリアは興奮してはしゃいでいる。

「本当です、広いお風呂はすごく気持ちがいいですねっ。これは他の国にはなかった文化ですっ」

日が傾《かたむ》き、空には夜の帳《とばり》が下り始めている。

そんな空を見上げながら、こんなに落ち着いた状況も久しぶりだな、とキャロは温かい湯にふにゃりと気が緩んでいる。

「ところでさー、アタルとキャロって恋人《こいびと》関係なの？」

「えっ!?　そそそ、そんな、恋人関係だなんてっ！」

思ってもみない質問にキャロは驚《おどろ》いて勢いよく立ち上がってしまう。

「わ、わわっ」

が、女性風呂は美肌《びはだ》の効能があるとろみのある湯であったため、急な動きにキャロはよろめいていた。

「だ、大丈夫？　変なこと聞いちゃったかな？」

リリアにしてみれば、ただ思ったことを素直に聞いただけであるため、ここまで過剰《かじょう》な反応をされるとは思っておらずびっくりしてしまう。

「だ、大丈夫ですっ……」

徐々に落ち着きを見せるキャロは改めて湯船に浸かると、ほんのりと顔を赤らめつつもリリアに向き直る。

「え、えっと、私とアタル様が恋人かということでしたよね？　えっと、答える前に、なぜそんな風に疑問に思ったのか聞いてもいいですか？」

一緒に行動してそれなりに時間が経っているなかで、なぜこのタイミングでその質問を投げかけてきたのかを疑問に思っていた。

「あー、うん。前々から気になってはいたんだけどね。ほら、アタルって仲間を大切にするタイプでしょ？」

この質問にキャロは素直に頷く。

長く一緒にいるからこそ、アタルは他者に対して基本的に当たりが強いが、一度身内と認めた者に対しては人一倍気にかけているとわかっていた。

それは最初に仲間にしたキャロだけでなく、リリア、バルキアス、イフリア、そしてこれからはきっとサエモンのことも大事に思って行動するはずである。

「でね、私もその大切にしてくれる中に入っているとは思うんだけど……なんか、キャロのことはもう一歩深く大事に思っているように見えたんだよね！　あ、いつからとか、どのタイミングでってことはなくて、一緒にいるなかでそう感じただけなんだけどさ」

根拠となる発言や行動がこれといってあるわけではなく、なんとなく思ったというのがリリアの正直なところだった。

「そう、ですか……そう見えるのだとしたら嬉しいですっ」

自分でもアタルには大切にされている自覚があったものの、同じ仲間のリリアからもそう見えていたのが嬉しいキャロは恥《は》ずかしそうにはにかんでいる。

照れているからなのか、温泉で温まったからなのかはわからないが、キャロの頬の赤身は増していた。

「アタル様は奴隷《どれい》の中でも傷だらけで価値のない私を見つけて、迷いなく救い出してくれましたっ。それだけでなく、奴隷から解放してくださり、いろんな世界を見せたり、ずっと会いたかった両親にも再会できる機会をくれたり……そんな大事な恩人であるアタル様のことを私は……私は――」

脳裏に浮かぶアタルの顔を思い出しながらそこまで言ったところでキャロは言葉を止める。

「ふふっ」

しかし、リリアは続きを聞かなくてもキャロの表情だけで言いたいことを察していた。

どう言葉にしたらいいのか悩《なや》んでいたキャロだったが、リリアの笑顔を見て我に返って今度は反対にリリアに切り返す。

「わ、私のことばかりでなく、リリアさんはどうなんですかっ？」

「えっ？　わわ、私？　いやいや、私は好きな人もいないし、好きになってくれる人だっていないよ！」

リリアは予想外の質問にびっくりして、慌《あわ》てた様子で強く否定する。

「そんなことないですよっ！　仲のいい男性とかいたんじゃないですか？」

「い、いやいや、私なんて女として見られてなかったし、がさつだし、集落でも私に声かける男なんてお父さんくらいしかいなかったから！」

キャロの追撃《ついげき》にうろたえたリリアの顔は次第《しだい》に赤くなっていく。

それに対してキャロはリリアの女の子らしい反応がかわいらしいため、さらに続ける。

「じゃあ、好きなタイプとかはどんな男性なんですかっ？」

「えー、そうだなあ……私より強い、とむかつくから、同じくらいの強さの人がいいかなあ。でもって、私のことを女だからって見下さない人」

「見た目はどうですか？」

「それはあんまりこだわらないけど、うーん、アタルとかよりもっとがっしりした人がいいかな。でもって槍を使う人！」

話し始めると色々理想があるようで、リリアは意外にも真面目《まじめ》に考えて答えていた。

「リリアさんと同じくらいの実力で、ガッシリしている槍使いの男性……」

その条件に照らし合わせていくと、キャロは一人の人物が思い浮かんだ。

「ハルバさんなんていいんじゃないですかっ？」

その人物とは聖王国リベルテリアで一度は敵となって戦ったSランク冒険者《ぼうけんしゃ》で槍使いのハルバのことだった。

「ハルバ？　……えっ？　ええええぇっ！」

キャロに言われて彼の顔を思い出し、そして先ほど口にした条件とピッタリあてはまるため、立ち上がってしまうほど驚く。

そして、その顔が一段と真っ赤に染まっていることにキャロが気づいた。

「あ、あれ？　もしかして、本当にそうなんですかっ？」

試《ため》しに例として挙げただけだったが、思いのほかリリアの反応が大きいため、もしかしたら、と確認する。

「えっと、いや、別にそんなつもりで言ったわけじゃなくて……でも……」

理想を語っているときは気づいていなかったリリアだが、ハルバとの戦いは楽しいものであり、敵対していなかったらもっときっと楽しかっただろうな、という気持ちがあることに気づかされて驚き戸惑っていた。

「うふふっ、ハルバさんもすごく強い方でしたよねっ」

これ以上突《つ》っ込んで聞くと頑《かたく》なになってしまう可能性を考えて、キャロはあえて話の方向性をずらしていく。

「そう！　そうなんだよね、ハルバは強かった。弱みを握《にぎ》られていなくて、ちゃんと真面目に戦っていたら、あの時に負けていたかもしれない……」

ばしゃりと水しぶきを上げながら、もう一度湯船に浸かったリリアの脳裏にはハルバの姿が浮かんでいた。

ハルバとはまた手合わせしたいと思っている。

これは戦士としての視点ではあるが、彼のことを尊敬しており、妹のために苦難の道を選んでいたということにも好感を抱《いだ》いていた。

「きっとまた一緒に戦うことになると思いますよっ。ただその時は、仲間として隣《となり》に立ったり、背中を任せたりすることになっているかとっ」

実際、そうなるようにアタルは各地で声をかけてきている。

だからこそ、キャロもそのことに自信を持っていた。

「うん……うん、そうだね！　その時に、弱くなったなんて言われたくないから頑張《がんば》らないと！」

「そうです、頑張りましょうっ！」

アタルだけでなく、キャロたちもこの間の戦いに満足していない。

だからこそ、もっともっと強くなっていかなければならない、と思っている。

そう話しているとほかの客が入ってきたため、いい時間になったと思ったキャロが立ち上がる。

「そろそろ上がりましょうかっ」

「うん！　——ふう、ちょっと長湯したからかのぼせたかも！」

「ですねっ」

二人とも照れて赤くなった頬を長湯のせいにして、温泉をあとにした。


宿の部屋。


「さて、それでは少し私の話を聞いてもらおうか」

みんなが椅子《いす》やベッドに腰かけたところで、浴衣姿《ゆかたすがた》のサエモンが話し始める。

アタル、キャロ、リリアはもちろんのこと、バルキアスとイフリアにも関係のある話であるため、一緒に話を聞いていく。

アタルも結局温泉ではなにも聞いていないいため、聞くのは初めてとなる。

「…………」

話を聞いてもらおうか、と言ったはずのサエモンだったが、未《いま》だ話すべきかどうか悩んでいるようで、硬い表情のまま、次の言葉がなかなか出てこない。

「なあ、話したくないのなら無理には……」

気遣《きづか》うようにアタルが声をかけるが、ぐっとこぶしを握ったサエモンは首を横に振った。

そして、これがきっかけとなって口を開く。

「この国には、代々将軍にだけ伝えられる修行場《しゅぎょうば》が存在する。そこに行くことで、今よりも強くなれるんじゃないかと思っている」

「えっ、そんな場所があるんですかっ？」

「うんうん、いいね！　そこ行こうよ！」

キャロとリリアは、先ほど成長したいと話していたのもあって、サエモンからもたらされた新情報にワクワクして、互《たが》いの顔を見て微笑《ほほえ》みあっている。

「ふむ、なにか問題でもあるのか？」

しかし、サエモンの表情がさえないため、アタルが続きを促すように質問を投げかけた。

「……あぁ、いや、問題というよりわからないというのが本当のところだな」

サエモンはどこかすっきりとしない表情である。

「その場所の名前は――　〝地獄《じごく》の門〟」

アタルはその言葉に眉《まゆ》をひそめた。

地獄といえば、天国と対になる場所で、漫画《まんが》やゲームにもたびたび出てくる場所である。

罪人が送られて、罪を償《つぐな》っていくという死後の世界。

日本では罪状によって様々な行き先があり、それぞれ恐ろしい光景や苦しみが待っているという。

そして、地獄の門には門番として牛頭《ごず》や馬頭《めず》、怪物《かいぶつ》ケルベロスがいるというのが彼《かれ》の知識にあった。

「そいつはなかなか危険そうな場所だな」

脳裏に浮かんだ地獄の門のイメージそのままに、アタルは感想を口にする。

「あぁ、危険だ」

その感想を苦々しい表情のサエモンが肯定《こうてい》した。

「まずそこにたどり着くのが難しい、という話だ」

場所に関しては前将軍だった父親から何度も教《おし》え込《こ》まれていたため、サエモンも知っている。

だが、その場所というのが、およそ簡単に人が近づけるエリアではなかった。

「なにもない荒野《こうや》を走り抜けた先、そこに更《さら》に人が近づけないように結界のようなものが張られていて、普通《ふつう》は近寄ることすらできない」

確証を持っているわけではないが、この話は先祖代々伝えられてきているものであるため、サエモンは聞いた話を、そのまま話していく。

「なるほど。そこを突破《とっぱ》してなんとか地獄の門にたどり着ければその問題は解決なのか？」

彼が口ごもる理由が、地獄のような場所にある門ということなのかとアタルが確認《かくにん》する。

しかし、サエモンはそれに対してすぐに首を横に振った。

「たどり着くための難易度はおまけのようなものだ。問題は門の中にある」

これだけ言いよどむのだからこそ、そんな簡単な話ではないかとアタルが肩をすくめる。

「門の中には将軍家の力が封印《ふういん》されていると言われているが、中に入ったものは口にするのもおぞましいほど、地獄のような苦しみを味わうことになるとのことだ。そして、初代将軍以降、門を開けたものはいないと聞いている」

親から代々の話として聞いているが、経験したものがいないため、実際のところはわからないとのことだった。

「地獄のような……」

「苦しみ……」

キャロとリリアは、その言葉を聞いて緊張した面持ちになっている。

「ふむ、なかなか面白《おもしろ》そうだな」

それに対してアタルは好奇心《こうきしん》を持った表情になっており、口元には笑みが浮かんでいた。

邪神《じゃしん》を相手にするくらいだから地獄といわれても、新しいダンジョンが開放されたくらいの気持ちが勝っている。

「ま、実際に開けた者がいないのは、その必要がないくらいには平和だったからだろう」

先ほどまで重々しい口調で話していたサエモンが、あえて笑って軽く話す。

実際、この国で大きな問題が起こったことはない。

「そうだな、開けられなかったのか、開ける必要がなかったのか、そもそも近づかなかったのか……理由はわからないが、今の俺《おれ》たちにはその門を開ける理由がある」

アタルはサエモンの先祖たちがどうだったか、よりも自分たちがどうしていくのか、へと思考を切り替えていた。

「そう、ですねっ！　行きましょう！」

「ちょっと怖《こわ》い気もするけど、もっと怖いものを相手にしてきたから大丈夫《だいじょうぶ》！」

アタルが行くなら、とキャロはやる気を示す。

リリアも怖さを乗り越えようと、彼女なりに奮起している。

『行こう！』

『ふむ、なかなか興味深いな』

気合が入って鼻息荒《あら》いバルキアスと深く頷くイフリアも、そんな二人に続いていく。

「い、いや、あそこは将軍家に伝えられた場所であって、私以外が行くのは、な？　私だけ行って修練することでパーティ全体の強化につながるのではないかと……」

行く気満々のアタルたちに申し訳なさそうなサエモンは慌てたようにそれらしい理由を

つけて、一人で向かうことを話す。

「いやいや、そんな面白そうな場所に一人で行くなんてずるいだろ。それに、サエモン以外が行くのはって、お前もう将軍じゃないだろ？」

「あっ……」

にやりと笑ったアタルに指摘《してき》されて、ハッとしたサエモンは自身の状況を思い出す。

「確かに私は死んだ者、前将軍であって現将軍はマサムネだったな……」

改めて口にすることで、自分こそ地獄の門に入る立場じゃないと実感していた。

「まあ、そういうわけだから……気にするな。とりあえず、強くなれるかもしれないなら、そこに行く以外の選択肢《せんたくし》はないだろ」

アタルは笑顔でサエモンの肩《かた》を叩く。

ここまできたら些細《ささい》なことを気にしても仕方ない、と彼の背中を押《お》していた。

「ですですっ。サエモンさん、みんなで行きましょうっ！　ここで変なルールに囚《とら》われてしまっては、必要な物に手が届かなくなってしまいますよっ！」

ぐっと拳《こぶし》を作ったキャロはサエモンを説得しようと言葉を紡《つむ》ぐ。

「そーそー、みんなで強くなればいいよね！」

笑ったリリアはあまり考えていないかのように、軽い発言をしていく。

「そんな簡単に……いや、そうでもなければ邪神と戦うなどというのは難しい、か」

あまりの軽いノリに一瞬戸惑《いっしゅんとまど》うサエモンだったが、彼らの気軽さに気が緩んだ。

少し強引《ごういん》な方法だったとしても、強くなる必要があるアタルたちには、この機会は大きなチャンスだった。

それがわかっているからこそ、アタルたちはあえてこのような言い方をしている。

「この機会を逃《のが》してしまえば、恐らくマサムネはもちろん、その次の将軍も、その後の将軍も開けずに知られぬまま放置されてしまうかもな」

踏ん切りがつかないサエモンの背中を押すようにアタルは意地悪な顔をしてそう言った。

今生きている者のなかで地獄の門について知っているのはサエモンだけである。

このように代々の将軍だけが知っていることはいくつもあるため、サエモンはマサムネには折を見て遺言《ゆいごん》とでも言って手紙を送ろうと考えていた。

しかし、それも邪神に負けて世界が崩壊《ほうかい》してしまえばできないことである。

加えて、内容がわからない場所に情報も少ないまま、サエモンが命を懸《か》けて守った大事な妹を送り出すことだけは避《さ》けたかったことをアタルは見抜《みぬ》いていた。

「あー、わかった。わかったよ。みんなで行こう！」

アタルの言葉で、ため息交じりのサエモンは観念したように両手をあげた。

地獄と名の付くところで、将軍以外が知りえない場所であるがゆえに、生半可な修行場所ではないことはこの場にいるだれもがわかっていた。

「さあ、それじゃあ早速《さっそく》明日出発するとしよう。……ちなみに遠いのか？」

場所を確認していなかったため、アタルはこの質問を投げかけたが、これまで散々煽《あお》られた仕返しにとサエモンは何も言わずただニコリと笑うだけだった。

第二話　門への道のり

翌朝、早い時間にアタルたちはムサシの街を出発した。

「で、どれくらいかかるんだ？」

大体の方向はサエモンが教えてくれているが、距離《きょり》くらいは把握《はあく》しておきたかったため、アタルが問いかける。

「あー……一週間、くらいか？」

なんとも歯切れの悪いサエモンの回答に、アタルは微妙《びみょう》な表情になる。

「なあ、それだったらイフリアに乗って行った方がいいんじゃないのか？　背中に馬車ごと乗れるし」

思っていたよりも時間がかかるためアタルが提案するが、サエモンは腕《うで》を組んで考《かんが》え込んでしまう。

「……悪くない提案なんだが、昨日説明した結界がどこまで広がっているのかわからないのが問題でな。空から飛んでいって、結界に引っかかって落とされる可能性もある」

サエモンの言葉にアタルが思い出したのは、魔吸砂《まきゅうさ》でできた砂漠に初めて到着《とうちゃく》した時のことだ。

あの時は、空から落ちる水の着地点を見ようとして、上空から降りていってみたら急にイフリアが力を失って落下することになった。

アタルが風の魔《ま》法弾《ほうだん》を使うことで無理やり落下の衝撃《しょうげき》を軽減させることができたが、同じようになんとかできるかはわからない。

『あの時のようになるのは……』

げんなりした表情のイフリアも同じ状況を思い出しており、力が抜けてなにもできない時の絶望感はもう味わいたくないと嫌《いや》そうな雰囲気《ふんいき》でいる。

『うん、あれはきつい、ね』

同意するバルキアスはあの時飛んでいたわけではないが、イフリアと同じ力が抜けていく感覚を味わっていたために、同じような反応を見せていた。

「なるほど、なら空という案はなしか。ちなみにどんな結界なのかは知っているのか？」

砂漠の時と同じように魔力《まりょく》を封《ふう》じられるものであれば、バルキアスとイフリアには期待できない。

それどころか、二人をアタルたちが運ぶ必要が出てくる。

「結界みたいなもの、と言ったのには理由がある。門の周囲には雷雲《らいうん》が立ち込めているらしいんだ」

サエモンいわく、分厚い雷雲が立ち込め、常時雷《かみなり》が落ち、雨や雪や雹《ひょう》などが降り注ぐ。容易に想像できる状況ではあるが、雷雲がある程度で結界みたいというのは言い過ぎなのではないかとアタルたちは訝《いぶか》しげな顔で考えている。

「あー、その表情はただの雨雲や雷雨《らいう》の延長くらいのイメージをしているだろう？　そうではなくてだな」

アタルたちの顔を見て、苦笑《くしょう》しながら首を振《ふ》ったサエモンは真剣な顔をした。

「降っているのは雷だ」

この言葉に、アタルたちは更なる疑問に首を傾げる。

落雷《らくらい》という言葉があるくらいで、雷は落ちるもので、降るものではない。

「なあ、それはどういうことなんだ……？」

「それは……いや、実際に見てもらうのがいいと思う。行けばわかる。百聞《ひゃくぶん》は一見《いっけん》に如《し》かず、だろう」

言葉での説明が難しいと判断したサエモンは、アタルに伝わるであろうことわざを使って伝える。

「なるほど、わかった」

サエモンがそれほどに言うのであればとアタルはすんなりと納得《なっとく》して、アタルがいいのならば、と他の面々も気にしないことにした。


それから六日後、馬車で荒野を進み続けたアタルたち。

サエモンが想定していたよりも一日早く目的地へと到着することができた。

「こういうことか……」

「す、すごいですっ」

「うわあ……」

『こ、怖い』

『これはさすがに飛んでいけんな』

アタルたちは、サエモンが言っていた雷が降るという状況を目《ま》の当たりにして、茫然《ぼうぜん》としながらそれを眺《なが》めていた。

ぶ厚く黒い雷雲が立ち込め、アタルたちがいる場所から少し離《はな》れたところから突然《とつぜん》切《き》り替《か》わったように悪天候が広がっていて、それは確かに結界のようだった。

終始目の前に大きく鋭《するど》い雷が轟《とどろ》いており、来るものを拒《こば》むかのようにひたすら激しく降り注いでいる。

「まあ、そういうことだ。ここは雷が降り注ぐ『雷平野』と呼ばれている場所だ」

言葉のとおり、雨あられのように雷が降っている。

「……んー？」

しかし、なにかがおかしいことにリリアが気づく。

彼女《かのじょ》は目を細めて、雷平野の奥《おく》のほうをじっと見ている。

「ねえ……あれって、なんか――雷が地面から生えてない？」

自分で口にしていることがおかしいとわかっていながらも、リリアはそれ以外の表現はないと思いながら話していた。

「見てみよう」

リリアはこの中では人一倍勘《かん》が働くため、その発言に興味をもったアタルがライフルを取り出す。

魔眼を発動させつつ、ライフルのスコープを覗《のぞ》いて奥のほうを見ていく。

「へえ、まさかということが本当にあるものなんだな。リリアの言うとおり、雷は空からだけじゃなくて地面からも発生しているぞ」

その目には、上から下からとめどなく現れる雷の姿が映っていた。

まるで地面を雷が走っているかのようで、以前訪《おとず》れた雷獣《らいじゅう》が住んでいたザイン山の雷雲とは種類や存在自体が別物であることがわかる。

「さすがに雷が地面から生えるのは一層説明がややこしくなると思ってな……」

もちろんサエモンはこの状況を知っていたが、雷が降るという段階で首を傾げられたため、あえてあの時はそれ以上のことは言わなかった。

「まあ、これは確かに自分の目で見ないと信じられないな。あぁ、なるほど」

アタルは話している間もスコープを覗いていたが、なにが地面の雷の発生源になっているのかを確認できたため、顔をあげる。

「空からずっと雷が落ち続けてきたために、地面のほうの環境《かんきょう》も変化したようだ。恐《おそ》らく、ここらへんの大地はほとんどが魔鉱石でできているみたいだ」

アタルがざっと広い範囲《はんい》を指さすと、全員が地面に視線を向けていく。

彼らが立っているあたりは土の地面であるが、少し先の結界がある地点から黒い岩の地面になっているのがわかる。

「魔鉱石の大地に雷が降り続けたことで、雷属性の魔鉱石のできあがり、ってわけだな。そこに続けて雷が降り続けたことで、許容できる量を超えたからあふれ出ている。その結果、雷が地面から生えているように見えるんだ」

あくまでアタルの予想ではあったが、それは的を射た推測だった。

「あ、あの、理由はそうだとして、上から下から雷が飛び出している中をどうやって進んだらいいのでしょうかっ？　いくらなんでもあの中を進むのは耐雷《たいらい》装備やアタル様の耐雷の魔法弾でも難しいのでは……」

無策で進めば、地獄の門に到着する前に自分たちが地獄に落ちてしまうことになるほどの悪天候である。

ゆえに、なにか方法を考えなければならない、とキャロが不安そうな顔で質問した。

「確かに、頭上と足元を強力な絶縁体《ぜつえんたい》で覆《おお》ったとしても、どこかを超えて身体に命中しそうだ」

アタルの頭の中では、巨大《きょだい》なゴムの壁《かべ》を上と下にして歩いている状況を思《おも》い浮《う》かべるが、あまりに現実的でないため、首を横に振っている。

『当たったら、危ない、よね？』

これだけの雷では、素早《すばや》いバルキアスでも避けることができるとは思えずにいた。

『ふーむ、この身体でもあれだけの雷を一身に受けたら死ぬかもしれん』

身体の頑強《がんきょう》さでいえば、この中ではイフリアが一番だが、そのイフリアが死んでしまうほどの雷ともなれば他の面々が喰《く》らうのはありえない。

結果、全員が腕を組んで考え込んでしまう。

「――簡単だよ」

しかし、その空気を打ち破ったのはリリアだった。

まさか、そんな簡単に方法を見つけられたのか、と全員の視線が彼女に集まっている。

「えっとね、まず雷が落ちてないギリギリくらいのとこまで行くでしょ。でもって、そこから……」

この続きが大事であるため、全員が息をのむ。

「思い切り走り抜《ぬ》ける！」

駆《か》け出すようなポーズをとってから、ニッと笑って雷雲が立ち込める方向を指さす。

「まあ、それしかないか」

「ですねっ」

「そうなるな」

アタル、キャロ、サエモンが彼女の案に同意する。

「……えっ？」

しかし、思いつきで言っただけのリリアは、反対されると思っていただけに驚き固まる。

「お前が言い出したのに、なんで驚くんだ？」

呆《あき》れた顔をしたアタルに突っ込まれたリリアは困ったように笑う。

「い、いやあ、なにを馬鹿《ばか》なことを！　とか言われるかなあ、と思ってたんだけど、そんなにストレートに同意されるとは思ってなくて……」

思ったことをそのまま提案しただけではあるが、考えなしだとか反対意見をなにか言われると思っていたため、リリアは戸惑《とまど》っているようだった。

「まあ、結局のところ最短時間で走り抜けるしかないわけだ」

言いながらアタルはチラリと雷を見る。

「まあ、なんとかなるだろ。さあ、行こう……フィンはここで待機な」

アタルはみんなに声をかけてから、馬車に近づいて馬のフィンに声をかけると、動きやすいように馬車を取り外していく。

「ヒヒーン」

もちろんわかっているよと返事をすると、フィンは安全そうな場所に陣取《じんど》って座《すわ》り込む。

「さて、俺たちは走る準備をするぞ」

「はいっ！」

「うむ」

『りょーかい！』

『わかった』

アタルの言葉に続くキャロ、サエモン、バルキアス、イフリアは既《すで》に心の準備万端《ばんたん》だった。

「えっ？　ええっ？」

自分で提案したことだとはいえ、本当にこのまま走るの？　と信じられない思いを抱《かか》えているリリアだけが、どうしていいのかわからず戸惑っている。

「ほらほら、リリアさん。行きましょうっ！」

「えっ、えええええっ！」

そんなリリアの背中を笑顔《えがお》のキャロが押しながら、強制的に移動させていく。

「お、来たか」

既にアタルたちは準備運動を始めている。

「ね、ねえ、本当に走るの？」

まだ不安なリリアが改めて確認をしていく。

「ははっ、もちろん走るに決まっているだろ？」

今も降りしきる雷を背に、アタルは笑いながらあっけらかんと言った。

「うわあ……」

その強烈《きょうれつ》な雷を見たリリアは、頬《ほお》をひくひくさせて、そんな言葉しか出てこない。

「はっはっは、アタル殿《どの》。そろそろ教えてあげてもよいのではないか？」

サエモンは全《すべ》て理解しているようで、リリアの反応を見て豪快《ごうかい》に笑っている。

「そうだな。悪い、少し冗談《じょうだん》が過ぎたようだ。さっきリリアが提案してくれた、思い切り走り抜けるっていう案は採用だ。ただ、さすがになにも考えず走るわけじゃない」

「――へっ？」

自分の案だけが採用されてそのまま行くのだと思い込んでいたリリアは、変な声を出してしまう。

「ゆっくり防ぎながら進むのは、あの状況《じょうきょう》だと厳しいから走り抜けるのは前提として……雷に対しては少し対処が必要になる」

アタルは魔眼に魔力を流しながら雷雲を見上げる。

「……まあ、上はなんとかなるだろ。下は、頼《たの》めるか？」

アタルが質問を投げかけたのはイフリアだった。

この中で魔力感知能力が最も高いのはイフリアであり、魔鉱石から放たれる雷に対して反応できるのは彼だけだとアタルは考えている。

『無論、承知した』

イフリアは異を唱えることなく、二つ返事で了承《りょうしょう》した。

「私も微力《びりょく》ながら手伝おう。対処方法が異なるが、発生源となる雷の魔鉱石を破壊《はかい》することくらいはできるはずだ」

目の前に降り注ぐ大きな雷に目が行きがちだが、よく見ると全ての魔鉱石が雷の属性を帯びているわけではなく、また全ての雷の魔鉱石が常時雷を放っているわけではない。

ならば、タイミングよくそれを見抜いて回避《かいひ》、もしくは破壊すればいいという考えだった。

「あぁ、頼む。他のみんなは基本的に回避を優先、余裕《よゆう》がある時だけ雷を発する魔鉱石を破壊してくれ。でもって、バルは俺を乗せてくれ」

『うん、わかったー！』

アタルは雷の迎撃《げいげき》に集中するため、移動を全てバルキアスに任せることにする。

「それじゃ、みんな気合をいれて行こう」

アタルは手数を重視して二丁拳銃《けんじゅう》を取り出して弾丸《だんがん》を装填《そうてん》していく。

「はいっ！」

「う、うん！」

キャロが元気よく、ちょっと不安ながらリリアも返事をする。

彼女も状況を理解し始めており、力になれることをやろうと考えていた。

「一応みんなに注意しておくが、ここの雷は普通の雷とは少し違《ちが》う」

出発前にサエモンが最後の注意点を話す。

『の、ようだな』

魔力感知に長《た》けたイフリアはそのことにいち早く気づいていた。

「まあ、そうだろうな。俺の目にも魔《ま》法《ほう》が起動する瞬間《しゅんかん》が映っている」

通常の雷であれば自然発生して落ちるため、その瞬間を把握するのは難しい。

だが、それが魔法として発生しているのであれば、魔力の変化を魔眼や魔力感知などで確認することが可能だ。

そして、確認できるのであればそれに対抗《たいこう》することができる。

「普段《ふだん》はランダムに発生していて、侵入者《しんにゅうしゃ》を発見すると雷がそちらに向かうのだと思う。それほどの危険をのり切らなければ地獄の門にはたどり着けないわけだが……」

今も大きな音と光が侵入《しんにゅう》しようとしているアタルたちに牙《きば》をむかんとしている。

「ま、なんとかなるだろ」

それでもアタルはこれくらいの状況は突破できるものと考えていた。

「ですねっ！」

アタルに同意するようにキャロは握りこぶしを作って、気合を入れている。

他の面々も力強く頷《うなず》いていた。

「さあ、出発だ」

いよいよ雷平野に足を踏《ふ》みいれ、雷雲の下に突入《とつにゅう》した一行。

ここまで来ると、全員が口を開かずに集中している。

「走れ！」

アタルの合図とともに、イフリアが先頭を進む。

魔力感知に集中しているイフリアは足元から発生する雷を探《さぐ》り、安全な道を進んで行く。

アタルを信用しているため、決して上を見ることなく、ただひたすら地面の魔鉱石を見ていた。

『我のあとについて来るように』

イフリアが通った後を他の面々が走り抜ける。

彼らが走ったそのあとに雷が地面から発生することはあるが、イフリアが見定めて指示したルートは安全で、雷が誰《だれ》かに命中することはない。

「さてさて、移動はバルに任せて……俺は撃《う》ち落としていくか」

空の雷はアタルの担当であるため、バルキアスに運んでもらいながら、改めて魔眼で空を見つめる。

そして、無言のまま空に向かって次々と弾丸を放っていく。

放つ弾丸は、無属性の魔法弾。

それを発生の瞬間に命中させていた。

「よし、いける」

雷の発生の際によく見ると小さな魔法陣《まほうじん》が作り出されていた。

それをアタルは弾丸で撃ち抜いて破壊していた。

「バル、下の雷を見る余裕は俺にはないから、全部頼むぞ」

声をかけながらもアタルの視線は上を向いており、弾丸が次々に発射されていく。

『まっかせてー!』

バルキアスは前方と足元に集中しており、イフリアに任せるだけでなく、自らも雷の発生を確認している。

「せい!」

そんな危険な状況にあって、サエモンも有言実行で雷が発生するか発生する可能性がある魔鉱石を斬《き》りつけていた。

直感で感じ取っている彼は、イフリアほどではなかったが、それでも魔力感知を行うことができ、確実に自分の仕事をこなしている。

「やはり、明らかに俺たちを狙《ねら》っているな」

アタルたちが入った瞬間に、自然現象のようだったほとんどの雷が狙いすましたように彼らに向かって来ていた。

『のようだな』

そのひとりごとに反応したのは、アタルと契約《けいやく》をしているイフリアだった。

広範囲《こうはんい》にわたって降り注いでいた雷の雨は、いつの間にかアタルたちを中心とする円状のエリアだけに集まり始めている。

「まあ、上は俺がすべて担当するから安心しろ」

いろんな戦いを経たアタルの弾丸を放つ速度はまさに神速であり、目に映る全ての魔法陣をあっという間に破壊していた。

「す、すごいね！」

走り抜けながらそれを見たリリアは驚《おどろ》きと尊敬が入り混じった様子で、シンプルな感想を口にする。

「さすがアタル様っ……ですが、雷が作り出される速度が徐々《じょじょ》に速くなっていますねっ」

雷渓谷《かみなりけいこく》も雷が発生する範囲がどんどん狭《せば》まってきており、それゆえに雷が次々に生み出

されていた。

アタルが対応し続けてはいるものの、勢いを増す雷相手にはそれでも限界がある。

地面から生えてくる雷もアタルたちを排除《はいじょ》しようとしてか、発生頻度《ひんど》が上がってイフリアが回避したあとに生えてくるものもある。

サエモンも魔鉱石を破壊しながら進んではいるものの、やはりこちらも手一杯《ていっぱい》になりつつあった。

そのタイミングでキャロが鱗《うろこ》を取り出す。

「みなさん、青龍《せいりゅう》の鱗を使って砂漠《さばく》の時のように移動しましょうっ！」

状況を打開するための策として、キャロが提案したのは鱗の上に乗って魔力を流しながら素早く滑《すべ》るようにして進む方法だった。

「採用だ」

アタルが即答《そくとう》する。

先ほど一発撃ち漏《も》らしたため、雷がアタルたちの近くに落ちていた。

だからこそ、早急《さっきゅう》にどうにかしないと、直撃《ちょくげき》を受ける可能性があるとアタルは判断する。

「ここなら魔鉱石の地面ですから、魔力を流せば反発して同じように滑りながら進むことができるはずですっ！」

キャロはすぐに自分の分、リリアの分、バルキアスの分、そしてサエモンの分を取り出して各自に向かって投げていく。

「お、おい！　どういうことだ？」

一人状況がわからないため、サエモンだけが困ったような顔で疑問を口にしている。

「私たちの動きを見て真似《まね》てみて下さいっ！」

そう言うと、キャロは砂漠の時と同様に靴《くつ》の裏に青龍の鱗をあてて、魔力を流していく。

すると先ほどまでと異なり、地面の上を滑りながら移動できている。

慣れは必要だが青龍の鱗を使った移動は肉体強化するよりも楽で、勢いに乗れれば普通に走るよりもずっと速く進むことができるため、勢いを増す雷の中も素早い移動が可能になっていた。

「お、おぉ、そんな方法が可能なのか……や、やってみるか」

サエモンはその動きに驚きながら、自分も靴の裏に鱗をあてていく。

「こうして、魔力を流して……う、うおう」

雷が降り注ぐ中だというのに、彼の周囲だけ時間が止まっているかのように、ゆっくりとやっている。

「ほらほら、さっさと動かないと雷にあたっちゃうよ！」

それを見かねたリリアが戻《もど》って来て、強引にサエモンの手を引いていく。

「わ、わわわ、きゅ、急に引っ張るな！　こんなことは、初めて、だから、なかなか、バランスが……」

慣れない移動をさせられて慎重《しんちょう》になっていたサエモンだが、待ちきれなくなったリリアに勢いで引っ張られ、焦《あせ》りよろめきながら滑り、移動を始める。

だが強引な彼女の先導で、速度が出ている中でも徐々に安定性を身に付けていく。

「上手ですっ！」

同じく戻って来たキャロが優《やさ》しく声をかけてくる。

「そ、そうか？」

「うんうん、速度を出すには身体を少し前に傾《かたむ》けて、鱗に流す魔力を強めるといいよ！」

「こう、か？」

手を引き続けてくれているリリアの指導に従ってサエモンは速度をあげていく。

「いいね！　それじゃ、駆け抜けるよ！」

サエモンが慣れてきた頃合《ころあ》いを見計らって手を離したリリアは、自分の鱗にこめる魔力を増加させていき、彼女自身の速度もあげる。

「みんないいぞ！」

そう声をかけるアタルを乗せたバルキアスも同じようにして、速度をあげている。

雷が集まって降り注いでくるよりも、アタルたちの移動速度が上回っているため、アタルの弾丸もより確実に魔方陣《まほうじん》を撃ち抜いていた。

（このままいけば……）

「アタル様、敵ですっ！」

全員がこのまま地獄《じごく》の門までたどり着けると考えた瞬間、警戒《けいかい》を促《うなが》すようにキャロが大きな声をあげた。

「……こんな雷が降り注ぐ場所に誰かがいるのか？」

上空を見ているアタルは前方を確認できないため、質問を投げかける。

「魔物《まもの》が多数いますっ！」

それに答えたのは発見者であるキャロ。

（魔物？　魔物にしてもこんな場所にいられるなんて……）

「――まさか！」

「はい、雷の魔物ですっ！　雷が魔物の形になっていますっ！」

こんな場所で雷に打たれて生きていられる魔物はそうそういない。

ならば、雷属性の魔物ではないかと考えたアタルだったが、返って来た答えはその予想を超《こ》えていた。

キャロたちの目には雷がゴブリンやオーガや狼《おおかみ》の形を作っているように映っている。

「雷が魔物を形作っている？」

実体のない魔物を相手にするのであれば、自分も参戦した方がいいかとアタルが顔を下げようとした瞬間、サエモンから力強い言葉が聞こえてくる。

「アタル殿、ここは任せてくれ」

「わかった、頼む」

彼《かれ》の確信があるような言葉に、仲間として信じようとアタルは返事をすると、再度雷の対処に神経を向ける。

サエモンは即答するアタルからの信頼《しんらい》を感じ取って魔物の対処を考え始めた。

（恐らくはこのエリアには元々魔物がいて、その魔物が死んだことで魔核《まかく》が外に出た。その核が雷に打たれて力を持ったんだろう……）

彼はここがどのような場所だったのかは父親から色々と教えられていた。

今は雷が上から下からのとんでもない場所だが、昔は多くの魔物が住む大草原だったという。

基本的に魔物は魔核が壊《こわ》れれば倒《たお》せる。

雷の魔物の姿を凝視《ぎょうし》すればかすかではあるが、元の魔物と同じく魔核の存在が感じ取れるため、サエモンはそこを潰《つぶ》すことだけを考えていた。

「一刀」

青龍の鱗の移動速度のまま進み、すれ違いざまに魔物の魔核を真っ二つにする。

その瞬間の彼は目を閉じていた。

雷によって力が凝縮《ぎょうしゅく》されているそれは小さく、肉眼で見つけることはできない。

さらに、魔力で感知しようにも雷の身体を持っているため、乱れた状況である。

そこでサエモンは父親より教えてもらった『心眼』を使う。

心の眼でそれを感じ取って一撃《いちげき》で倒していた。

「えっ」

「わ」

それを見たキャロとリリアは驚いている。

アタルたちが雷に集中できるようにと自分たちも武器を持って攻撃《こうげき》をしているが、雷の魔物がダメージを受けているように見えず、どうしたものかと思案していた。

そんなところで、サエモンが雷の魔物をあっという間に倒したため、なにが違うのかとこんな反応になっている。

「こいつらの身体には、小さな魔核が内包されているようでな。それを壊せばこのように倒せるはずだ。ただ、どこにあるかがわかりづらく……」

「なるほどですっ！」

「わかった、ありがとね！」

二人はその助言に納得して、すぐに自分が戦っている相手を見据《みす》える。

（いやいや、そんなに簡単には……）

アドバイスの途中《とちゅう》で切り上げてしまった二人に対して、まだ伝えきれていないと彼女らの背中に向けて手を伸《の》ばしてしまう。

サエモン自身は父から教えられた秘伝の技を使うことで倒した。それも、今までずっと使えたわけでなくこの極限下でやっとものにできた技である。

だから、いくら実力者といえども、キャロとリリアが同じ方法で倒せるようになるまでは時間がかかると考えていた。

「せい！」

「ここだああ！」

しかし、二人とも魔物の核がどこにあるのかわかっているかのように迷いなく武器を振るう。

そして、そのまま破壊された魔核だけがポトリと落ちて、雷の身体は霧散《むさん》していた。

「――えっ？」

あれだけの助言であっという間に倒していく二人を見て、サエモンは茫然としてしまう。

『ふん！』

立ち尽《つ》くすサエモンのことを狙おうとしていた魔物をイフリアが倒す。

小さいサイズのまま魔核へと向かっていき、爪《つめ》で破壊した。

「す、すまない」

『気にするな』

ぼうっとしていたことを謝罪するが、イフリアは気にしない様子で返事をすると、すぐに次の魔物へと移っていく。

「――アタル殿たちが規格外なのはわかっていたことではないか。私は自分にできることに集中せねば……」

今更驚《いまさらおどろ》いていては持たないと気を取り直したサエモンも再び刀を構えて、対峙《たいじ》する魔物たちを倒していく。

そこからひたすら魔物を倒しながら雷の中を移動して前に進んだ。

空の雷は今もアタルが対応し続けており、地面の雷はイフリアとサエモンが襲《おそ》い来る魔物をあしらいながら対応していく。

あれから何十体もの魔物を討伐《とうばつ》し、何百という雷を防いで、やっとの思いで雷雲の切れ間が見えるところまでたどり着いた。

「あと、少しだ！」

距離にすれば残り五十メートルもない。

そこだけ空からは光が差し込《こ》んでおり、まるで台風の目であるかのようである。

アタルたちの前に立ちはだかる魔物の数は残り少なくなっており、このままいけば問題なく突破《とっぱ》できるはずである。

サエモンが魔物の対処をしながら少し遅《おく》れて後方にある魔鉱石を破壊している。

少しの油断が大きなダメージに繋《つな》がるため、あえて殿《しんがり》として進むことでそれを回避しようとしていた。

あと三十メートル。

二十メートル。

十メートル――というところまで来たところで、サエモンの前にそれは現れた。

これまでの魔物をかたどった雷のそれとは明らかに感じられる力が違った。

「デカイっ！」

今までの魔物は大きくても、三メートル程度。

しかし、ここに来て七、八メートルはあろうかという巨大な魔物が登場した。

雷を竜《りゅう》にかたどった魔物では、内包する魔力も他のものより強力だと一目見ただけでわかる。

アタルたちと少し距離《きょり》が離れていたサエモンとの間にちょうど現れた魔物。

「くっ、ここは任せて先に行け！」

サエモンは覚悟《かくご》を決めて、この魔物の相手をしようと身構える。

自身がこいつと戦うことで、アタルたちが安全に先に進めればそれでいいという、自分を犠牲《ぎせい》にする考えが彼にこの行動をとらせていた。

「――そんなことができるわけがないだろ」

仲間を犠牲にして前に進むなど考えられないアタルは、前をバルキアスに任せて後ろを振り返ると、雷の竜に弾丸を次々と撃ちこんでいく。

選択《せんたく》した弾丸は、同じ雷の魔法弾。

ただし、一発一発に少量ではあるが玄武《げんぶ》の力を込めている。

「魔法、発動」

着弾《ちゃくだん》する寸前で数発の雷魔法《かみなりまほう》を発動させる。

雷でできているために魔物から声はないが、目の前に現れた見知らぬ雷が自分の動きを阻害《そがい》していることに戸惑っている様子が伝わってくる。

「まだまだ行くぞ」

アタルは魔法の発動タイミングを変えていき、雷の竜の動きを完全に抑《おさ》え込んでいた。

「こ、これは一体……」

その様子を見て、サエモンは驚愕《きょうがく》している。

神の力によって強化された魔法弾《まほうだん》は同属性の強い力によって、雷の竜の動きを完全に封《ふう》じていた。

「キャロ、リリア」

「はいっ！」

「まっかせてー！」

アタルの指示を受けた二人が雷雲の下へと再度飛び出して行く。

「イフリアは休憩《きゅうけい》、バルはサエモンを乗せて戻って来い」

『わかったよー！』

バルキアスから降りて彼が飛び出していくのを見送ったアタルはハンドガンで応戦する。

もちろん、その間も落雷《らくらい》はアタルが全て撃ち壊している。

キャロとリリアが時間を稼《かせ》ぐために次々と攻撃を繰《く》り出していく。

だが、雷《かみなり》の竜の身体を削《けず》ることはできているものの、決定打には至っていない。

「…………」

その間、サエモンは自分のやるべきことを考え、目を閉じて集中している。

雷の竜が現れたことで、魔力《まりょく》が乱れに乱れている状況の中、どこに魔核があるのかを確《かく》認《にん》していた。

しかし、そのために止まっていては上か下かの雷に打たれてしまう可能性に対しての対策がバルキアスに騎乗《きじょう》することだった。

それを見越《みこ》して、アタルは指示を出していた。

「――期待してるからな。サエモン、なんとかしてくれよ？」

この状況をサエモンなら必ず打開してくれると、アタルは確信していた。

「…………見えた」

心を静かにし、視《み》ることにだけ集中できたことで、魔力の乱れに影響《えいきょう》されることなく魔核を発見することができた。

「バルキアス殿、このまま魔物に突《つ》っ込んで行ってくれるか？」

『わかった！』

サエモンの言葉に覚悟と確信を感じたため、彼を乗せたバルキアスは迷わず雷の竜へと真っすぐ向かって行く。

「せい！」

「たあ！」

それを確認したキャロとリリアは一撃加えてから、サエモンの邪魔《じゃま》をしないように距離をとる。

「ここだ！」

バルキアスに乗りながらもずっと心眼によって魔核の場所を確認していたサエモン。

キャロとリリアによって外側の雷が削《そ》がれていたため、より見やすくなっていた。

「むんっ！」

雷の竜までの距離が限りなく近づいた瞬間、サエモンは一度だけ刀を抜いて、すぐに鞘《さや》へと戻す。

周りからすれば、刀が鞘に納まった際の金属音しか聞き取れていない。

「みんな、行こう」

しかし、サエモンはどうなったのか確認することもなく、アタルたちのいる安全なエリアに向かおうと話す。

「は、はいっ」

「う、うん」

二人はチラチラと雷の竜を見ながらもサエモンとバルキアスに続いて走り出す。

未《いま》だ雷の竜はそこにいて、バチバチと雷鳴《らいめい》を放ちながらも動きを止めている。

アタルの弾丸によって制止させられているだけなのに、放っておいていいのか？

アタルだって無制限に撃ち続けられるわけではないのに……。

二人は心配になっている。

だが、次の瞬間、雷の竜が身体を維持《いじ》できなくなったのか、花火のように雷がはじけたと思ったあとに形を残さずに消滅《しょうめつ》した。

「「!?」」

それを見た二人は驚く。

「お疲《つか》れ」

一方で、先に進んでいたアタルは全くといっていいほど驚いている様子はなく、追いついたサエモンたちにただ労《ねぎら》いの言葉だけをかける。

「いや、アタル殿の方こそずっと頭上の雷を撃ち落としてくれていたこと感謝する」

頭を下げて礼を言うサエモンだったが、その表情はなにか不満を抱えているようだ。

「……今回はたまたま問題なかったからよかったが、次からはああいうときは私のことは置いていってくれて構わないぞ」

どうやら彼はわざわざ立ち止まって、みんなで戦うという選択肢《せんたくし》を選んだことを快く思っていないようだった。

「っ……そんな、どうしてっ！」

「そうだよ、みんなで生き残ったほうがいいでしょ！」

キャロは悲しそうな表情で、リリアは憤《いきどお》った様子で声をあげる。

「二人はこう言っているわけだが、どうしてそう考えたのか教えてもらってもいいか？」

アタルも仲間を見捨てる気など到底《とうてい》なく、全員助かったのだから問題はない、と考えているため、どうしてサエモンがこんなことを言うのか疑問だった。

「……私はつい最近仲間に加わったばかりの新参者だ。いや、仲間というよりも同行者という側面が大きいかもしれない」

これはずっとサエモンが抱えていた思いである。

彼はまだ完全に仲間になれたとは思っておらず、実力もアタルたちと一緒《いっしょ》にいるには不足していると考えていた。

将軍の息子《むすこ》でいた頃《ころ》、そして将軍でいる頃には感じたことのなかった劣等感《れっとうかん》が、サエモンにこのような考えを持たせている。

加えて、アタルたちの絆《きずな》を感じ取るほどに、サエモンは自分の入る余地はないと思っていた。

「そうか——なかなか甘《あま》く見られたものだな……あのな、お前がどう思っているかはさておいて、俺《おれ》たちは一緒に行こうとなったら、ただ同行してもらうだけだなんて考えていない。一緒に飯も食ったし、魔物とも戦ったし、温泉にも入った」

わかっていないサエモンに言い聞かせるように、アタルは呆れ交じりに言う。

一度引き入れた仲間のことをただの同行者などと思うことはない、と。

キャロ、リリア、バルキアス、イフリアもアタルの意見には同意しており、何度も深く頷いていた。

「そんな簡単に新しくできた仲間を見捨てるわけがないだろ？　長くいたから大事にする。まあ、そんな気持ちがゼロだとは言わない。一番長く一緒にいるキャロのことはもちろん大事に思っているからな」

そう言いながらアタルはキャロの頭をやさしく撫《な》でる。

「あっ……」

当のキャロは目を細めて嬉《うれ》しそうに頬を赤くしていた。

「だが、短いからといって大事にしない、仲間だと思わないなんてことはない。だから、あの状況で自分を犠牲にしようとしたことは認められない。二度とあんな真似はするな」

珍《めずら》しくアタルが仲間に対して怒《いか》りを込めた視線と言葉を投げかける。

「そうですよっ！　足りない部分は互《たが》いに補いあって、助け合う。それが仲間というものですっ！」

少し照れながらも、キャロはぐっと握《にぎ》りこぶしを作ってアタルの言葉に賛同する。

「だね！　……っていうか、私はできないことの方が多いからみんながいないと困っちゃうかも」

にっこり笑ったリリアは自分が劣《おと》っていることを理解しているため、自分ができることを全力でやろうとしている。

この中では仲間になって日が浅い彼女《かのじょ》は、それをサエモンに伝えようとしていた。

そこまで大事に思われているとは思わなかったサエモンは一瞬《いっしゅん》キョトンとしてしまう。

アタルたちはとっくの昔から仲間に入れてくれていたのに、自分自身で勝手に彼らに対して壁《かべ》を作っていたことに気づくと、あまりのおかしさに腹の底から笑えてきた。

「ふっ、ははは、はっはっは、まさかこんな私をちゃんと仲間として見てくれているとは……いや、嬉しいことだ。わかった、次からは自分を犠牲にすることなく、みんなとともに動くと誓《ちか》おう」

「——というか、サエモンがいなかったら地獄の門の中に入れないかもしれないだろ？」

将軍にだけ伝えられてきたということで、門を開けるのにも何か資格や条件が必要となる可能性をアタルが指摘《してき》する。

「あっ……」

本来の目的を思い出したサエモンは、これはしまった、と笑いながら首の後ろを掻《か》いた。

第三話　地獄の門

激しい雷雨《らいう》を切り抜《ぬ》けた先にある空間では、厚く黒い雷雲《らいうん》がなくなって空は晴れている。ように見えたのもつかの間、今度は一瞬で視界が真っ白に染まるほどの吹雪《ふぶき》が吹《ふ》き荒《あ》れるとんでもない環境《かんきょう》に突入している。

「さ、寒い。寒いよおおおおお！」

最初にその言葉を口にしてしまったのはリリアである。

空では気温が基本的に一定であったため、これほどの寒さを経験するのは初めてのことだった。

「ほら、イフリアを抱《だ》いているといいぞ」

『ふむ、仕方ないな』

凍《こご》える思いだったリリアは、小竜姿のイフリアを渡《わた》されて疑いのまなざしをアタルに向けていた。

「イフリアを抱いたくらいでなにが……って、すっごーい！　あったかいよ！」

だが言われたとおりに抱いてみるとじんわりと温かさを感じられたため、イフリアをしっかりと抱いて暖をとる。

「俺たちは色々な場所に立ち寄って来た経験が生きているが、リリアはそれがないから徐々に慣れていくといい。イフリアには少し我慢《がまん》してもらわないとだがな」

柔《やわ》らかく微笑《ほほえ》んだアタルがイフリアにそう言うと、イフリア自身はちょっと嫌《いや》そうな顔になるが仲間のためだと大人しくしている。

「サエモンは大丈夫《だいじょうぶ》なのか？」

ヤマトの国と、砂漠を経験しているくらいのサエモンにとって過酷《かこく》な環境は経験がないのでは、とアタルは予想していた。

「一応この国には寒い季節と暑い季節があるからな。この状況《じょうきょう》も寒さは感じるが、それでも耐《た》えられないほどではない」

太陽が照りつける夏でも、雪が降る冬でも、サエモンは城下を広く見て回っていた。

その経験からある程度の寒さ暑さには耐えられている。

「魔物が出ないのだけが救いですねっ」

キャロは、はぁっと手に白い息を吹きかけながら言う。

彼女が言うように、吹雪のエリアに入ってしばらく進んできたが、雷のエリアとは異なって、魔物が現れることはない。

「ここは魔物で邪魔をするのではなく、環境でだけ邪魔をしているようだ」

数メートル先ですら見えない状況でアタルが呟《つぶや》く。

通常であれば雷のエリアを突破することすら難しく、突破できたとしてもそこで力を使い果たしているはずである。

その状態で雪が降り積もり、身体に吹きつけるここを突破するのは至難の業《わざ》である。

「足場に関しては俺がなんとかできるから問題はないがな」

アタルは炎《ほのお》の魔法弾を撃ちだして、前方に積もる雪を蒸発させていく。

「さすがアタル様ですっ」

特に疲《ひ》労《ろう》も感じさせずに足元の確保をしているアタルに、キャロはきらきらとした尊敬の眼差《まなざ》しを送っている。

魔法であれば、ずっと火属性の魔法を撃ちださなければならないため続けることができない。弾丸《だんがん》を消費するだけで次々に撃ちだせるアタルならではの方法だった。

イフリアのブレスでも同じことは可能だが、連発することができず、しかも今の彼はリリアのカイロ係をしている。

「まあ、いつもやっているのと大して変わりはないけどな。俺にはこれくらいしかできないしな」

さらっと言いながら、アタルは先の道に向かって銃《じゅう》を撃つ。

これはこの世界に来てからここまでやってきた当然のことであるため、アタルにとっては特別なことではない。

「ははっ、それを当たり前と思えて、自然とやれているのがすごいことだな」

自分の力を自慢《じまん》することもひけらかすこともなく、自然と行動していくアタルにサエモンは改めて感心していた。

「そう言われても、みんなもそうだが俺自身が歩きやすい方がいいからやっているだけだ……それより、そろそろだな」

アタルが視線を向けたのは、吹雪の更《さら》に奥《おく》。

ホワイトアウトした視界には捉《とら》えられていないが、そちらになにかがあることは全員が感じ取っている。

「あれが地獄の門、なのでしょうかっ？」

感じられるのは禍々《まがまが》しい危険なものではなく、どちらかというと名前に反して神の力に近い。

「あぁ、あれは初代様とアメノマ様が協力して作ったものだから、性質としてはどちらかといえば神聖なものだろうな」

首を傾《かし》げるキャロの疑問に、ふっと笑ったサエモンは先回りして答える。

「なるほど……とりあえず、さっさと抜けることにしよう」

アタルは弾丸を撃《う》ちだす速度をあげて、一気に吹雪のエリアを抜けることにした。

そのかいもあって、わずか十分程度で気象変化のないエリアへと到着《とうちゃく》した。

「ここは、暖かいな」

「ちょうどいい気温ですねっ」

先ほどまでの極寒《ごっかん》の地域を抜けると、まるで穏《おだ》やかな春のような陽気である。

そして、そのど真ん中に見上げるほどの、立派な装飾《そうしょく》が施《ほどこ》された黒っぽい岩のようなものでできた門がある。

「こんな場所に、こんなおーっきな門が建ってるって、すんごい違和感《いわかん》だね！」

イフリアを抱いたままのリリアは興味深そうに走って近づき、そのままぐるりと一周見て回る。

だが、見上げるほどの門の裏にはなにもなく、ただそこに閉じた門があるだけだった。

「あれ、裏にもなにもないんだね？」

どこかに通じる扉《とびら》であれば、後ろになにか特別なエリアでもあるのかとリリアは思っていたため、首を傾げている。

「あぁ、この門は開くことで別の空間に繋がるらしい」

サエモンは聞いていた情報を話していく。

がっしりと閉じた門は容易に開く様子はなく、なにかを封じているかのような頑強《がんきょう》さを持っている。

「確かに、これが開いたらなにかが起こりそうではあるな」

アタルは地獄の門になにか特別な力を感じて、手を伸ばそうとする。

「――触《さわ》るでない」

その声が聞こえた瞬間《しゅんかん》、警戒を強めたアタルは後ろに飛んで距離をとっていた。

声は門の上の方から聞こえてきたため、視線をそちらに向けると背の低い老人の姿がある。

小柄《こがら》であるが隙《すき》がなく、侍《さむらい》のような暗い色合いの袴《はかま》を穿《は》いている。

アタルはすぐに視線をちらりとサエモンに向けた。

知っているか？　という確認のためだったが、サエモンは首を小さく横に振《ふ》る。

（この老人、一体何者だ？）

疑問を持ったのはアタルだけでなく、サエモンたちも同様である。

老人が声をかけてくるまで、誰一人《だれひとり》としてその気配に気づくことがなかった。音でも匂《にお》いでも気配でも魔力でも、どのセンサーにも引っかからなかったということがこの老人の特異性を表している。

「ふむ、お主ら何者じゃ？」

ジッと見定めるようにアタルたちを見ていた老人はふわりと浮《う》き上がると、ゆっくり着地してアタルたちに質問してくる。

「俺たちは旅の冒険者《ぼうけんしゃ》だ。その地獄の門に用があってやってきた」

このアタルの言葉を聞いた老人は、先ほどまでの静かな雰囲気《ふんいき》から一変、ギロリと目つきが鋭《するど》くなってアタルを睨《にら》みつける。

「ほう、これが地獄の門と知っておるのか。それで、この門になんの用じゃ？」

明らかにアタルたちを警戒している老人は、この門の意味を知っているのか？　と尋《たず》ねる。

「失礼、私はこのヤマトの国の先代の将軍でサエモンと申します。代々この地獄の門のことは言い伝えられてきました。この門の向こうに行けば力を得ることができる、と」

自分の立場を明らかにしたほうがいいだろうと判断したサエモンが、一歩前に出て頭を下げて名を名乗り、この門について知っていることを丁寧《ていねい》な声音《こわね》で話していく。

「ふむ、将軍家の者か。ならばここのことを知っていてもおかしくはない、のか。先代なのであれば、この国を守る使命を次代に託《たく》したということであろう？　……なぜ今になって力を求める」

ただ力だけを求めてここに来たのであれば、追い返す必要がある。

それが老人の判断だった。

「俺たちは邪神《じゃしん》、その眷属《けんぞく》の神、その神たちを復活させようと企《たくら》む者と戦っている。つい先日もこの国にある不死の山に封印《ふういん》されていた邪神の封印が解かれた」

老人の思惑《おもわく》は何となく理解できるため、アタルはこれまでの経緯《けいい》、特に力が必要になる理由を素直《すなお》に話していく。

「なんと！」

この空間では外の情報が入ってくることはなく、遠くの力を感じることができないため、老人はひどく驚《おどろ》いている。

「この国には二つの邪神の欠片《かけら》が封印されていた。その一つは倒すことができたが、もう一つは封印された状態で持っていかれてしまったんだ。今回はなんとかなったが、完全な状態で復活し、他の神たちまで出てくる状況になってしまったとしたら……」

次はうまくいかないかもしれない——アタルは言外にそう語った。

「そ、そのようなことになっておるとは……なるほど、確かにお主たちは神々の力を持っているようじゃの――ふむ、お主たちであればこの地獄の門に入って力を得られる可能性を持っておるかもしれん」

冷静さを取り戻した老人は、目を細めて門を撫でながら、その向こうにある何かを見つめるように息を吐《は》く。

「しかし、あくまでもそれは可能性じゃ。まずは一つ目の問題として、お主たちがこの門を開けることができるかどうか」

これまでに開けられた者は初代の将軍以外にはいない。それを突如《とつじょ》現れたアタルたちにできるとは思えなかった。

「サエモン、これはどうやって開けるんだ？」

「父に聞いた話では、この門は資格のある者が手を触《ふ》れることで開けられるという。アメノマ様の力がカギになっていると言われたが……」

そう言うと、サエモンは門にゆっくりと触れていく。

老人は先ほどのように制止することはなく静かに見守っていた。

「わあ……！　門が光ってますっ！」

サエモンが触れて少しすると、門が反応して淡《あわ》い光を放つ。

「お、開くかな？」

リリアがワクワクしながら待つが、なぜかその光は徐々《じょじょ》におさまってしまう。

「はっは、お主の父親も全《すべ》ての情報を持っているわけではないようじゃな。この門は確かにアメノマの力をカギとしておる……が、それでは半分じゃ。この門は初代の将軍とアメノマの二人によって作られた、といえばわかるかの？」

「そ、それならば、その二人の血を引いている私がいれば開けるのでは……？」

将軍家の正当な血筋であり、アメノマの子孫でもある自分なら二つの条件を満たしているのではないかと考え、結果が見えないことに動揺《どうよう》したサエモンが答える。

（も、もしかしてアメノマ様の力を失ってしまったからか？）

そう考えると、先の戦いでのことを思い出し悔《く》いを感じてしまう。

「ちょっとこっちに来い」

何かを思いついた様子の老人に呼び寄せられて、サエモンは門から手を放して素直にそれに従った。

そして近くまで来たところで老人はサエモンの手をとる。

「ふむ、ふむふむ、確かにお前さんの中にはアメノマの血が流れているようじゃ。このヤマトの国ではほとんどの者がアメノマの加護を受けているために、将軍が誰《だれ》と子を成そうともアメノマの力が薄《うす》まることは基本的にはない」

つまり、アメノマのことではなく、初代将軍の力がサエモンの中には少ないということになる。

「……その二つの力が揃《そろ》っていれば、一人だけで条件を満たさなくてもいいんだよな？」

アタルがなにかを思いついた表情で質問した。

「ん？　あぁ、それはそのとおりじゃ。一人がアメノマ、一人が初代将軍の条件を満たしていても問題はない。もしくは、二人以上で初代将軍の力を補うとかでもいいじゃろ」

老人はなぜできないことを質問するのか？　と思いながらも、質問に答えてくれる。

「サエモン、もう一度門に触れてくれ」

「わ、わかった」

アタルがなにかを確信しているのを感じたサエモンは、言われるがままに地獄《じごく》の門へと再度手を伸ばしていく。

すると、先ほどと同じように門が光を放つ。

このままでは先ほどまでと変わらない。

「それじゃ、俺も門に触ってみるか」

アタルがサエモンの隣《となり》に立って門に触っていく。

「な、なんじゃと⁉」

老人が驚くのも無理はなかった。

門は先ほどまでよりも強い光を放ち、扉全体にいきわたった次の瞬間、重い扉が引きずるようにして煙《けむり》を上げながらゆっくりと口を開ける。

開け放たれた先からは、それまで感じなかったような力があふれ出してくる。

「おぉ、もしかしてと思ったが、やっぱりそうだったか」

アタルは予想通りの展開に納得《なっとく》して頷《うなず》いている。

見事に開き切った扉を凝視した老人はうろたえていた。

「な、なぜ、お主がこの門を開くカギになるのじゃ……？」

その理由がわからないようで、老人が驚いた表情で質問する。それはサエモンも同様だった。

「前にサエモンが言っていただろ。この国を創《つく》った初代将軍の名前がヤマモトで、そこからヤマトになったとかって」

アタルは老人の質問に答えるのではなく、サエモンへと質問をしていく。

「確かに、言った」

サエモンはアタルとの会話を思い出しながら頷いている。

「そんな確認をするよりもこっちに答えるんじゃ。なぜじゃ、と質問しているじゃろうが！」

素直に答えないアタルに老人は苛立《いらだ》ちを見せる。

「まあ、慌《あわ》てるな……で、その話に出たヤマモトだが、恐《おそ》らくは俺と同郷だ。そして、この門を開くためのカギの一つはアメノママの力。もう一つは初代将軍の力……じゃなくて異世界の者の力なんだろうと思ったわけだ」

そして、アタルはヤマモトと同じく地球よりやってきた、この世界に現在存在する唯一《ゆいいつ》の人物である。

「だから俺とサエモンが揃えば、地獄の門が開くのは当然の帰結だ。これで回答になったか？」

アタルは、どうだ？　と老人に確認していく。

「な、なるほど……そのような理由だったのじゃな――というかお主はあのヤマモトと同じ国の出身なのか！」

老人は初代将軍であるヤマモトのことを知っているらしく、目を見開いて興味深そうにアタルのことを見ている。

「あぁ、あの人たちのおかげでこちらの世界に召喚《しょうかん》される者はいなくなった。俺の場合は神の力で転生したから特別枠《とくべつわく》といった形だな」

嬉しそうな老人に、隠《かく》すまでもないだろうとアタルは肩《かた》をすくめながら答えていく。

「おおぉ、そうか、そうか！　あやつと同じ国の出身ならば――なるほど、門が開くのも道理というものじゃな。うむうむ、ニホンで暮らしていたのであればお主も悪い者ではないはずじゃ」

ようやく納得がいったと嬉しそうに何度も頷く老人は、アタルの正体を知って笑顔《えがお》で何度もポンポンと手を打っている。

「あんたヤマモトのことを知っているのか。そうなるとかなりの長生きだな」

何百年、何千年生きてきたかもしれない相手に、アタルは嘆息《たんそく》する。

「あぁ、ワシはこの門ができた時から門番としてここにいるのじゃ。まあ、誰かが訪《おとず》れた時のみ目覚めるようにしておるから、基本的には眠《ねむ》りについておるがな」

だからこれだけの長い時を生きてこられた、そう老人はカラカラと笑いつつ説明する。

アタルは老人の言葉に呆《あき》れてため息をついてしまう。

「いや、普通《ふつう》の人じゃないだろ？」

玄武の力を魔眼《まがん》にこめて老人のことを見る。

最初はこんな場所に人がいるとは思っていなかったために驚いたが、よく見ればヒトのそれとは明らかに違《ちが》う存在だとわかった。

「む、やはりわかるか。お主らは神の力を宿しておるし、なにより門を開けることができた。地獄の門の試練に挑戦《ちょうせん》するのにふさわしいのう」

開けられないはずの扉を開けることができたのならば、老人に反対する理由はなかった。

「まあ、許可されなくても入るつもりだったさ。それに、こいつらなら必ず試練とやらを乗り越《こ》えるはずだ」

アタルは確信をもって仲間たちを見ていく。

「ふむ、なら入るとよいじゃろ。お節介《せっかい》かもしれんが、いくつか入る前に注意事項《じこう》を話しておこうかの」

老人は真剣《しんけん》な表情になってアタルたちを見る。

「まず、中に入ると一人一人が別々の場所に誘導《ゆうどう》されるはずじゃ。つまり……」

「仲間の力はアテにできない。自力だけでなんとかしないといけないってことだな」

老人の言葉の続きを察したアタルが割《わ》り込むように口にする。

「そういうことじゃ。もし、お主らが協力することで戦い抜いてきたのであれば、ここからは個の力が重要になる」

「――ということみたいだが、みんな大丈夫か？」

それを聞いたアタルは意思を確認するように仲間の顔を見ていく。

キャロは力強い目で、しっかりと自分の意思を持って、笑顔で頷いて見せる。

「愚問《ぐもん》でしょ！」

不敵に笑ったリリアはなにを今更《いまさら》聞くの？　と肩をすくめた。

「私が選んだ道だ。入らないなどという選択肢はない」

真剣な顔で頷いたサエモンも同様であり、さっさと入ろうとすら思っている。

『なんか怖《こわ》いけど、強くならないとだよね！』

バルキアスはみんなが頑張《がんば》るなら、自分も頑張って強くなる、と気合をいれていた。

『そうだな。それに、今更一人でなにかに立ち向かうのが嫌だなどと言う者はいないだろう』

イフリアは最年長ということもあり、迷いはない。

「全員で強くなろうな」

もちろんアタル自身もなんの躊躇《ちゅうちょ》もない。

「それじゃ、地獄とやらに行ってみるとしよう。目的はそれぞれ強くなることだ。守るべきルールは一つ、絶対に死なないで帰ってくることだ」

一人として欠けることなく戻《もど》ってくる。

その想《おも》いはアタルだけでなく、全員が共通して持っているもので、全員が力強く頷いた。

「では行ってこい！」

老人に見送られながら、アタルたちは地獄の門の中へと足を踏《ふ》み入れた――。

第四話　地獄の門の試練

扉の中に全員一緒に入ったはずが、気づくとサエモンは一人で暗闇《くらやみ》の中を進んでいた。明かり一つつない完全な闇《やみ》。足音すら聞こえない。

地獄と聞いていたからには、門番や地獄ならではの強敵や辛《つら》く苦しい思いをさせてくる罠《わな》などが襲《おそ》いかかってくるとサエモンは予想していた。

どちらが前で、後ろで、右で、左なのかわからない状況だったが、この試練に負けるつもりのないサエモンはただただ足を出し続けていく。

アタルたちと比べて、経験不足、実力不足を感じているサエモンは、ここで必ず力を得ようと心に強く決めていたからこそ、動揺することもなく、ただひたすらに力強く足を踏み出していた。

国のトップである将軍の座を捨てて、一人のサムライとしてアタルたちに同行することを決めたからには中途半端《ちゅうとはんぱ》ではいられない。

もしもう一度マサムネたちに会うことができたら、その時に胸を張って強くなったと言えるようにするためにも、この試練を乗り越える必要があった。

何が来るのかわからないまま、何分、何時間、何日——どれだけ歩いたのかわからなくなったころ、サエモンの行く手に広がる闇の中に少しずつ光が差し込《こ》んでくる。

(闇を抜けられた、のか?)

そう思った瞬間、ひときわ強い光が襲いかかり、思わず眩《まばゆ》さに手で防ぎながら強く目を閉じてしまう。

そして、明るさに慣れて徐々に目を開くと、そこには平野が広がっていた。

地獄の門の中とは思えないほど平穏《へいおん》そのもので、反対に天国といっても差し支《つか》えない。

どこまでも続いているかのような穏やかな草原が足元にはあり、見上げれば太陽は見えないがただひたすらに青が広がっている。

「ここは……?」

気配を探《さぐ》ろうが、あたりを見回そうが、誰もいない。

普通の動物も魔物《まもの》すらもいない。

遠くには大きな木が生えているようだが、それ以外は目印すらない。

「ここでなにかがあるのか?」

突如として、なにも起こりそうにない場所に放《ほう》り出されたサエモンは動揺していた。

強くなるためにこの場所にやってきたはずなのに、このままでは無為《むい》に時間が過ぎてしまう。

そんな焦《あせ》りを感じた時、不意に声をかけられた。

「――君が僕《ぼく》の子孫かな？」

「なにっ⁉」

なにもないはずの前方から声がしたため、サエモンは慌てて距離《きょり》をとりながら、刀に手をあてる。

「へえ……僕の存在にすぐに気づかなかったのはマイナス点だけど、即座《そくざ》に戦闘《せんとう》態勢に入れるのはいいことだね」

声の主は落ち着いた様子で、サエモンのことを分析《ぶんせき》しているようだった。

「なにやつ……！」

「ふふ、僕の名前はセイエイ――ヤマトセイエイ、君のご先祖様だよ」

先ほどまで誰もいなかった場所に姿を現したのは、セイエイと名乗るその人物。

細身の若い男で、黒の艶《つや》めいた長髪《ちょうはつ》を持ち、暗青色の着流し姿で腰《こし》には刀がある。

美丈夫《びじょうふ》の彼《かれ》に見た目の迫力《はくりょく》はなく、落ち着いた様子から特別強いようには見えない。

「――あなたが、私の五代前の将軍様ですか」

名前を聞いた瞬間、サエモンはなるほどと納得がいった。

歴代の将軍のことは伝え聞いていたため、もちろんサエモンは彼のことを知っており、その風貌《ふうぼう》も聞いていた情報のとおりだった。

細身の優男《やさおとこ》で、ともすれば弱そうにも見える。

（どこにも隙が無い）

しかし、サエモンは彼から底知れぬ強さを感じ取っていた。

ヤマトセイエイといえば、歴代の将軍の中でも最高の一人だと言われていた。

女と見間違《みまちが》えるほどの美丈夫で、誰もがつき従いたくなるカリスマ性が高い人物。

刀の腕前《うでまえ》はもちろんのこと、弓や槍《やり》などの別の武器を使わせても一流。

そのうえ、人格も優《すぐ》れた優《やさ》しい将軍だったということだった。

「なぜあなたがこのような場所に？」

確かに実力はトップクラスの人物ではあるが、そんな人物がこのような地獄の門の中にいることがわからず、サエモンは疑問を持っていた。

「そう思うのは自然だよね。僕はこの門を自分の代で開けることはできなかったんだけど、ここに立ち寄ってはいてね。その時に、門番のおじいさんに会って……死んだ後に、後進のために力を貸してもらえないか？　って言われたのさ。僕以外にも門まではたどり着いた人が何人かいて、その人たちは後世のためにここにとどまることを決めたみたいだよ」

セイエイの言うことが正しければ、他の仲間のところには別の死者が元の姿のまま現れているはずである。

「さて、質問に答えたところで、君の名前を教えてもらってもいいかい？」

にっこりと笑ったセイエイはまだ聞いていないサエモンの名を問いただす。

「……はっ！　し、失礼しました。私の名はサエモンと申します。先代の将軍の座を拝しておりました」

質問だけして、自分だけ名前を言っていないことに気づいたサエモンは姿勢を正して、頭を下げて名乗りをあげる。

「ふむ……なぜ君は姓《せい》を名乗らないのかな？」

将軍の地位にいた者であれば、それはつまりヤマト家の者である。

それなのに、名字から名乗らない彼にセイエイは首を傾げている。

「将軍の座を妹に譲《ゆず》り、放浪《ほうろう》の身である私に、ヤマトの姓を名乗る資格はありません。それに私は死んだことになっておりますゆえに……」

全ての事情を話すわけにはいかないが、ご先祖様を前に嘘《うそ》を口にすることも許されないと、サエモンは現在の自分の状況をそれとなく告げる。

「色々と事情がある、と。まあ、そこを追及《ついきゅう》するのはやめておこうか。あまりいい思い出ではないようだしね」

言葉の雰囲気で事情を察し、柔和《にゅうわ》な笑《え》みを浮かべるセイエイはそれ以上は話題にせず、ポンっと手を叩《たた》いて、この話題を打ち切った。

「さて、それでは本題に入ろうか。どうしてここに来たんだい？」

表情は変わらず笑顔のままだったが、セイエイのその目からは強い力が感じられた。

「……わ、私は強くなりたいのです！」

気圧《けお》されそうになるほどの威圧《いあつ》を感じながら、腹に力を込めながら答える。

「続けて」

まさか、これで終わりなわけはないだろうと、セイエイは続きを促《うなが》していく。

「私には仲間がいます。といっても、つい先日知り合ったばかりなのですが……彼らとともに私は邪神と戦いました」

邪神と聞いて、心当たりがあるセイエイは驚いたように小さく目を見開く。

「あの時は何とかなりましたが、それは彼らが邪神との戦闘経験があり、神々の力を宿していて、経験も実力も高かったからでした。だから、こんな私を仲間と言ってくれた彼らと肩を並べられるように、強くなりたいのです！」

まっすぐセイエイの目を見ながら迷いのない眼差しで思いを伝えるサエモンに、セイエイは嬉《うれ》しそうにニコリと笑う。

「友の隣で胸を張って立ち、ともに戦いたい、と」

この言葉にサエモンは黙《だま》って力強く頷いた。

「ふむ……面白《おもしろ》い！　いいね、自分が強くなって他より優れていたいというのではなく、強い敵を倒《たお》すためでもなく、大切な友に恥《は》ずかしくない自分でいたい——その想い、確かに受け取った」

サエモンの心意気を気に入ったと言わんばかりのセイエイは笑顔のままスッと刀を抜く。

「この地獄において、どんな理由があれ、強くなりたいのなら私に勝つしかないことはわかるね？」

この問いかけにサエモンは頷く。

恐らくはそれが試練なのだろう、というのは会った瞬間から感じ取っていた。

「ここでは死ぬほどの怪我《けが》をしてもたちどころに回復する。それでも痛みは感じることになるんだ。つまり延々続く苦しみはまさに地獄といえるだろう」

この言葉はサエモンの覚悟《かくご》を試《ため》している。

「……それでも、私はやります！」

サエモンに迷いはない。

「そうかそうか、その覚悟は素晴《すば》らしい。ところで……未来のことはわからないけれど、私の代では私が最強って呼ばれていてね」

好戦的に目を細めて、サエモンを見ているセイエイのそれは優男ではなく、戦闘狂《せんとうきょう》のものだった。

「えっ……！」

まだ話は続くのだろうと思っていたサエモンは驚いてしまう。

穏やかに話していたはずのセイエイが、次の瞬間には姿が見えなくなっていた。

どこから来るのか刀に手をやりつつ身構えたサエモンが瞬《まばた》きを二度した瞬間。

「――遅《おそ》いよ」

まだ刀を抜いていないサエモンに、セイエイの横なぎの鋭い一刀が繰《く》り出された。

「ぐっ……」

それでもギリギリのところでなんとか刀を抜き、腹で受け止める。

「それで防げたつもりかな?」

「ぐあっ！」

斬《き》られるのは確かに防げた。

しかし、そこでセイエイの攻撃《こうげき》が止まることはなく、想像以上の力で刀ごと押《お》し飛ばされてしまう。

（防いだはずなのに、手が痺《しび》れている……）

細身の身体であるはずのセイエイ。そんな彼が軽々とサエモンを吹《ふ》き飛ばすだけの力を持っていることに驚いてしまう。

「僕の見た目がこんなだからって、力が弱いと思わないほうがいいよ。なにせ、戦った相手はみんな僕のことを豪傑《ごうけつ》なんて呼んでいたからね」

そう話す彼の手に握《にぎ》られている刀は細く長い。

彼自身を体現しているかのようなしなやかで美しい長刀は、一見すれば脆《もろ》く見える。

しかし、先ほど剣戟《けんげき》を受けた時には、見た目の何十倍もの重さを感じられた。

「さすが、最高の将軍と呼ばれたお方です。あなたを相手にするというのが試練というのは納得できますし、そんな方に指南していただけるなんてとても光栄なことです」

サエモンは最強の先人を前にして高揚《こうよう》感から思わずニヤリと笑う。

ヤマトの国の将軍の中でも名を残すような相手でなければ、ここに来た意味がない。このご先祖様を倒すことができれば上にいけると、彼は確信していた。

二人の間に一陣《いちじん》の風が吹く。

サエモンは必ず勝つと強く胸に誓《ちか》い、セイエイは全力で相手をしようと決める。

「いざ」

「尋常《じんじょう》に」

「「勝負！」」

こうして、本来なら交わるはずのなかった、先祖と子孫の対決が始まった。

同タイミングで、砂地の闘技場《とうぎじょう》のようなところにたどり着いていたキャロは剣帝《けんてい》と名乗る男性獣人《じゅうじん》と対面していた。

「ふっふっふ、まさか俺《おれ》以外に獣人の剣士《けんし》がこの国にやってくるとはな。しかも、それがかわいらしい女の子とは思いもしなかったぞ！」

「わ、私もここに来て、獣人さんに会うことになるとは思ってもみませんでしたっ……」

この地獄の門では苦しい試練を迎《むか》えることになる。

それを乗り越えることができなければ死ぬかもしれない……。

その覚悟を持ってやってきたキャロだったが、目の前の相手を見て恐怖《きょうふ》とは別の意味で驚いている。

「ふむ、俺があまりにも強そうで驚いているみたいだな」

「い、いえ、その、あまりに可愛《かわい》らしくて……」

「ああん!?」

キャロの可愛らしいという言葉に、獣人の男性は彼女《かのじょ》を睨みつける。

「す、すみませんっ。で、でも……!」

凄《すご》みのある声音で怒鳴《どな》られて耳をへにゃりと垂らしたキャロだったが、思わず反論してしまう。

なぜならそこにいるのは、キャロよりも身長の低い、かわいらしいネズミの獣人だった。

マルガの国にいた砂ネズミの獣人たちとはまた違った毛色をした彼は、まるで小人族のような体格をし、砂漠《さばく》の地域に住む剣闘士《けんとうし》を思わせるエスニックな格好をしている。

その背中には剣《けん》を背負っているが、その剣も彼のサイズに合わせているため、ショートソードのようである。

「まさか、このような物騒《ぶっそう》な名前の場所で、ネズミの獣人さんに会うとは思わなかったので……!」

怒《おこ》っている姿も可愛いな、と思いながらも表には出さずになんとか話していく。

「ふん。この門を頼《たよ》るようなやつが現れなければ、俺もここに留《とど》まる必要はなかったんだけどな。コウスケのやつがどうしてもって言うからよ」

いまだに可愛いものとして見られていることを感じ取って不機嫌《ふきげん》に鼻を鳴らす。

彼はヤマトの国の初代将軍であるヤマモトコウスケの友人で、この地獄の門に魂《たましい》を残して後進を育てる約束を彼としていた。

「あ、あの映像にいた方ですね。以前お見掛《みか》けしたことがあります……と、いうことは、そのネズミの獣人さんもかなりのご高齢《こうれい》で……」

「違うわ！　誰がちっさいくそじいさんだ！」

「い、いえ、そこまでは……」

怒《いか》りながら過剰《かじょう》なツッコミをいれてくるネズミの獣人に、キャロは慌てて自分の言葉の受け取られ方を訂正《ていせい》しようとする。

「わかっとるわ！　……ま、冗談《じょうだん》冗談。基本的にはここにずっと封印されているから時間の流れを感じることはないんだ！　それにしてもこうやって誰かと話すのは久しぶりだから、ちょっとばっかりテンションが上がるぜ！　ってか、記憶《きおく》にないくらい前に死んだが、肉体年齢的《ねんれいてき》にも、精神年齢的にも三十歳《さい》の頃《ころ》になってるし、あんまりじじい扱《あつか》いしないでくれるか？　そうそう、俺の名前はテッド、テッド＝キラーだ」

一息で捲《まく》し立てるように話していくテッドはこのタイミングで名前を口にする。

「そ、そうでしたっ。私はキャロと言います。よろしくお願いしますっ」

挨拶《あいさつ》が遅《おく》れてしまったことに気づいてしっかりと頭を下げたキャロも名乗る。

「キャロね、嬢《じょう》ちゃんなかなか強いみたいだな。その持っている武器もなかなか強いようだ。神が作った剣に宝石竜《ほうせきりゅう》の魔核《まかく》がはめ込んであるって贅沢《ぜいたく》過ぎるじゃねえか。しかも嬢ちゃん自身には四神の青龍《せいりゅう》の力が宿っていて、獣力にも目覚めてるとはなあ。こいつは、とんでもない逸材《いつざい》がやってきたな！」

ニヤリと笑ったテッドはキャロの能力も武器も全て見抜《みぬ》いて、その力を評価していく。

「えっ？　な、なんでそんなに全部わかっちゃうんですか？　あっ、もしかしてアタル様のように魔眼を持ってらっしゃるとか？」

そんな質問をするが、比較《ひかく》されたことが嫌《いや》だったのか、テッドは顔をしかめる。

「ああん？　魔眼なんか持ってなくたってわかるだろうが！　どう見たって、青龍の力が身体に宿っているし、その武器だってオーラを漂《ただよ》わせてやがるじゃねえの！」

つまり、彼は普通の目で力を感じとって、全てを見抜いていた。

「す、すごいですっ、ご慧眼《けいがん》、恐れいりますっ」

見た目とは異なり、全てを見抜く目を持っていることにキャロは驚愕《きょうがく》して、深々と頭を下げた。

「はっはっは、ようやく俺の力に気づいたか。まあ、これくらいのことは神々との戦いをしてきた俺なら当然のことだからな。で……キャロ嬢ちゃんはここになにをしに来たんだ？　いやいや、力を求めて来たっていうのはわかっている。地獄の門が起動して、誰かが入って来た時に目覚めるようになっている。その時に複数人が同時に入ってきたのはわかっている。ということは、そいつら全員、力が欲《ほ》しいんだろう？」

どうやら一息で捲し立てるように話すのは彼の癖《くせ》らしい。

自分たちのことをしっかり見抜いているテッドの指摘《してき》にキャロは何度も頷いている。

「——それで、なんで力が必要なんだ？」

力を求める理由を腕組《うでぐ》みしながらテッドが訊《たず》ねた。

「——それは、邪神と戦うためだよ！」

キャロと時を同じくして、空に小さな島がいくつも浮かんだエリアにたどり着いたリリアも同一の質問に対して答えていた。

空は怪《あや》しい雲に覆《おお》われ、怪物《かいぶつ》を模した像が並ぶ薄暗《うすぐら》くて気味の悪い空間。

底が見えないほど暗い宙に浮かぶようにして置かれた台座のような岩の上で、リリアは人族の女性と対峙《たいじ》していた。

黒をメインとした和装チックな軍服のような服を身にまとった細身の女性は、その体躯《たいく》に似合わないほど立派で大きな槍を装備している。

動きやすいような短い髪《かみ》の毛は涼《すず》しげな彼女の雰囲気《ふんいき》ととてもあっていた。

リリアもたくさんの戦闘を通じて相手の技量を見定める力を身に付けてきた。

だが目の前の人族の女性は、特別魔力《まりょく》が強くはなく、神の力を宿しているわけでも、槍気が使えるわけでもないようにリリアには見えた。

なぜそんな彼女が地獄の門の中で自分の前に試練として出てきたのか、訝《いぶか》しんでいる。

「なるほどね、そんな強い敵を相手にするなら、私のところに来たのは正解だわ」

リリアの回答に満足した彼女は、槍の穂先《ほさき》をリリアに向けた。

「教えたところで大した情報でもないけれど、私は他の人と違って、特別な力を持たないの。あなたのように宝石竜の力や、人族であるから竜人の力なんてのも当然持っていない。でもね、それでも今のあなたが私に勝つことはできないわ」

「そんなこと、やってみないとわからないじゃない！」

自分のことを舐《な》めていると感じたリリアは、持てる力を自らの魔人の槍に込めて構える。

「だったら、やってみるといいわ――――私の名は神槍《しんそう》フウカ、覚えておかなくてもいいわ。どうせあなたはここから出られないのだから」

不敵な笑みを浮《う》かべて槍を構えるフウカは余裕《よゆう》の表情だ。

神と竜。

そこらの人が持ちえぬ双方《そうほう》の力を持つリリアを相手にしてもフウカは全く動じず、先手を取る様子もなくただ槍を構えている。

「やああッ！」

待ちきれずに先に動いたのはリリアだった。

地面を蹴《け》った強い衝撃《しょうげき》で、足のあった位置にはひびが入って陥没《かんぼつ》している。

その勢いのまま突《つ》っ込んでくるリリア。

彼女は武器を槍気で包み込み、鋭《するど》い一撃《いちげき》を全力で繰り出していく。

「——その程度？」

つまらなさそうに冷たく吐き捨てたフウカはそれに対して、ゆったりとした動きでただ槍を前に突き出した。

「えっ……？」

初撃で決めてやろうと放ったリリアの渾身《こんしん》の一撃。

宝石竜が相手でも、Sランク冒険者《ぼうけんしゃ》であるハルバが相手だとしても簡単に止められることはないほどに鍛《きた》えた攻撃を放った。

しかし、フウカは片手で持った槍であっさりと止めていた。

「ふふっ、伊達《だて》に神槍と呼ばれていないわ」

「な、なんで……？」

どうして初見で自分の最大の攻撃を止められたのか、リリアは理解できずにいる。

「私はあなたみたいに特別な力なんてないって言ったでしょ？　でも弱いわけじゃない」

その言葉を聞いて冷静さを取り戻したリリアは、少し距離を取って改めてフウカのことを見る。

静かにほほ笑むフウカは、じっと動かずにリリアの動きを待ってくれていた。

彼女が自分やアタルたちのように神の力を持っているわけでもないことはなんとなく直感でわかる。

魔力量でいえばイフリアのほうが上だと感じられる。

女性らしいしなやかな身体からして、単純な筋力もリリアのほうが強いだろう。

黒い瞳《ひとみ》を見ても、アタルのように魔眼を持っているわけでもないようだ。

力を隠し持っているのかもしれないが、傍《はた》から見たら槍を構えたただの美女でしかない。

「さて、それじゃどうして私の方が強いのか……わかるまで戦いましょうか」

ニコリと笑う彼女に底知れぬ雰囲気を感じたリリアは寒気を覚える。

それでも一撃手合わせしただけでも、彼女との戦いの中で自分が強くなれる可能性を感じ取っていた。

「ッ……お願いします！」

特別な力を持ちながら戦う自分よりも、槍一つしか持っていないのにもかかわらず、圧倒的《あっとうてき》な強さを誇《ほこ》るフウカの力の根源に近づけるようにリリアは奮い立った。

そして気合の入った表情のリリアは、フウカに果敢《かかん》にとびかかっていった――。


三人がそれぞれの相手と戦っていたが、もちろんバルキアスとイフリアも別の場所でそれぞれが強力な魔物と戦っている。

バルキアスは白と青の氷に囲まれた岩場にいた。

狼《おおかみ》系の魔物の頂点で、今では伝説級の魔物であるエンペラーウルフと戦っている。

イフリアはバルキアスとは対照的に、幻想的《げんそうてき》な虹色《にじいろ》の炎《ほのお》に満ちた洞窟《どうくつ》にいた。

そこで五つの属性を司《つかさど》る神話に残る覇王竜《はおうりゅう》を相手にしている。

どちらも今の二人の実力を遥《はる》かに上回った相手であるが、強くなるためには乗り越えなければならない試練だと全力で挑《いど》んでいた――。

そして白一面の部屋にたどり着いたアタルは、一方的に見覚えがある彼に会っていた。

「やあ、初めまして……いや、その様子だとどこかで僕に会ったことがあるみたいだね」

人好きのする笑顔で話しかけてきた彼の名前はヤマモトコウスケ。

黒目黒髪《くろかみ》で魔導士のローブを着用し、タレ目で穏《おだ》やかな顔立ちをした青年。

アタルは各地で彼が残したメッセージを見てきていた。

「やっぱりあんたがヤマトの国を創った初代の将軍だったのか。サエモンっていう今の将軍の先代将軍がそれっぽいことを言っていたが、その時はまさかと思っていたよ」

アタルは、その人物が地獄《じごく》の門の中で自分の目の前に立っていることに内心驚《おどろ》いていた。

「ははっ、まさか国を創るだなんて思ってもみなかったけどね。だけど、この国があることで多くの人が救われたから結果としてはよかったとは思っているよ」

彼は自分が人の上に立つ人物であるとは思っていない。

たまたま担《かつ》ぎ上げられただけだ、と考えていた。

「いいや、みんなあんただったからついていったんだろうさ。優しさの中に強い意志があるのを感じる。俺にはそんな崇高《すうこう》な志はないから眩《まぶ》しささえ覚える」

普段飄々《ふだんひようひよう》とした雰囲気のアタルだが、自分の周りの者を守るだけの気持ちしかない。

いくら彼が必中の銃《じゆう》を持ち、どんなものを見通す魔眼を持っていても、元はどこにでもいるようなゲーム好きの社会人であり、こちらに来てからも性根《しようね》は変わってはいない。

ラーギルや邪神《じゃしん》と戦おうと思っているのも、たまたま繋《つな》がりがあったから戦うだけであり、世界を背負うような心意気まではない。

「ふふっ、君は君のやり方考え方でやればいいと思うよ。僕はたまたま、多くの人が周りに集まっていて、みんなが力を持っていた。その中でまとめ役をできたのが僕だけだったからさ」

これは謙遜《けんそん》しているのではなく、コウスケ自身がずっと思っていることだった。

「さてさて、こんな話を続けても本題が進まないから、話の流れを変えようか。地獄の門が開けられたということは、外でなにかが起こっているということだね――それに君みたいに異世界からの人が訪れたんだからきっと大きなことが……」

地獄の門が開かれたということは、将軍家の者が修行《しゅぎょう》を必要としたということだ。

しかも、ここに来るにはあの雷《かみなり》と吹雪《ふぶき》の試練を超《こ》えてこなければならない。

そして地獄の門の扉《とびら》を開けるには、異世界の人物を共につれている必要があった。

コウスケたちが尽力《じんりょく》した召喚魔法《しょうかんまほう》の根絶を超えて、それでもここまでやってきたとなると、余程《よほど》のことが外で起きているというのが彼にも伝わっていた。

「正確に言うとこれからなにかが起こる、というところだな。あんたたちの戦いから恐らく数百年、数千年経過していると思う。その時代で、邪神の欠片《かけら》を封印《ふういん》から解除しようとしている輩《やから》がいるんだ」

アタルは現在の状況《じょうきょう》を説明するために、時代の経過から話していく。

「あぁ、あれからもうそんなに時間が経《た》っているんだね……そして、邪神の封印を解こうっていうことは、邪教徒《じゃきょうと》が暗躍《あんやく》しているのかな？」

ここでアタルが初めて聞く言葉をコウスケが口にする。

「邪教徒……というのは聞いたことがないな。俺が知る限りでは、魔族のラーギルという男がそれを行っている」

「魔族……」

魔族は魔界《まかい》に住んでいるため、コウスケたちも詳《くわ》しくは知らない。

ただ、彼らの仲間の一人が召喚者《しょうかんしゃ》を救うために魔界に向かったまま音沙汰《おとさた》がなくなってしまったことがあった。

危険な地であるため、命を失う可能性はその彼も納得《なっとく》のもとである。

コウスケたちも彼のことを心配しつつもこれ以上は近づかないように、と互《たが》いに決めていたため、魔界に立ち入ることはなかった。

「北の聖王国リベルテリアでは、そいつが教皇を操《あやつ》って邪神の封印を解除したんだが、強《ごう》引《いん》な方法だったため、不完全な状態のおかげで俺たちの手でなんとか倒せた」

口で言うほど簡単な戦いではなかったため、アタルの表情は硬《かた》い。

「おぉ、それはすごい。僕たちは封印するだけで、討伐《とうばつ》まではすることができなかったからね。あの頃のみんなより君たちの方が強い力を持っているのかもしれないなあ」

素直《すなお》に感動と驚きに満ちた表情であったが、コウスケたちは完全体である邪神や他の神々と戦っていた中で、封印という結果を選択《せんたく》しただけだった。

勇者として召喚されていた以上、彼らの実力がアタルたちより劣《おと》っているということはなかった。

「ご謙遜を」

当然アタルもコウスケが持つ力を感じ取っているため、ふっと鼻で軽く笑ってしまう。

「ははっ、さすがに少しは戦う力を持ってはいるよ……それで、君のほうは見た感じでは遠隔《えんかく》武器を使う、であっているかな？」

アタルはまだ武器を持っていない状態で話をしている。

だがそれでもコウスケは武器の系統をぴたりと言い当てていた。

「……なるほど、そういうことなのか。俺の前にあんたが出て来たのは、俺が日本人だからその繋がりだと思っていた――けど、違うんだな」

話をしているうちに、アタルはコウスケが自分の前にいる理由を勘違《かんちが》いしていたことに気づく。

「おー、よくわかったね。そのとおり、僕が君の前に現れたのは同郷という理由だけじゃないんだよ。その可能性もなくはないけどね……そして、理由の大半はこれさ」

コウスケが取り出したのはしなやかな黒い竹で作られた和弓。

今回地獄の門でアタルたちがそれぞれ戦う相手には、自分の武器や戦い方と似ている者が選ばれている。

遠距離《えんきょり》武器を持っているアタルの試練の相手としては、同じく遠距離武器である弓の使い手であるコウスケが現れているということだった。

「……それは、すごいな」

艶めくコウスケの武器を一目見ただけでも、アタルは驚きに目を見開く。

思わずこんな言葉が漏《も》れてしまうほどに、コウスケが持つ弓は強力な力を持っていた。

「あ、わかるかい？　これは僕が召喚された際に、最初にもらった弓なんだけど、弓の神様が力を込めて作ったものらしくて、魔力を矢に変換《へんかん》することができるんだ」

ほらね？　と実際に弓を構えて矢が作り出されるところを見せてくれる。

「なるほど、俺の方はこれだ」

そう言うと、アタルはハンドガンを両手に取り出す。

「お、銃かぁ！　似たようなものを使う人はいたけどそこまでちゃんと銃なのは初めて見たなあ。弾速《だんそく》も速いから遠距離武器としてはとても優秀《ゆうしゅう》だね。しかも、使用者が疲《つか》れていてもその威力《いりょく》が変化することがないのはいいよね」

アタルのハンドガンを見たコウスケはわくわくしたような表情で笑っている。

コウスケは弓を使い続けていると、どうしても疲労《ひろう》によって矢の威力が落ちてしまうと思っていたため、アタルの銃の性能をほめている。

「あぁ、ただ気合で威力があがるとか、身体を鍛えることで弾が速くなることもないのは欠点といえば欠点だな」

コウスケが言った利点もあるが、逆もあるとアタルは告げる。

使用者の成長が武器の成長に繋がりづらいことは、好きで使っているアタル自身も普段《ふだん》から感じていることである。

「あー、確かに銃だとそのへんは難しいね。しかも、それって神様が作った特製のものでしょ？　となると替《か》えがきかないのも困るし、新しい武器をもらって強くなるというのも選択肢《せんたくし》に入らないんだろうね」

うーんと唸《うな》りながらコウスケはアタルの武器の問題点をあげていく。

「そうだな。今はヤマトの国の技術である、刀気を銃に乗せるという方法で攻撃の幅《はば》を広げることはできたんだが、その先となるとなかなか、な」

「うーん、せっかくここまでたどり着いてくれたんだし、なにかアドバイスをしてあげたいけど、まずはその銃でどんなことができるのかを見せてもらってからかな」

先輩《せんぱい》らしい茶目《ちゃめ》っ気《け》を見せつつ、コウスケは弓矢を構え、矢の先端《せんたん》をアタルに向ける。

たくさんの言葉を交《か》わすよりも、まずは実力を見せてくれと。

「あぁ、了解《りょうかい》した」

地獄の門の試練を受けながら、あわよくばアドバイスがもらえればラッキーだと、ふっと表情をやわらげたアタルもすぐに銃を構える。

「期待に応《こた》えてね？」

コウスケが好戦的な笑みを浮かべつつ、弦《げん》から右手が離《はな》れると、矢はアタルに向かって真っすぐ飛んでいく。

ただの矢くらいならば、アタルが弾丸《だんがん》で狙《ねら》えば撃《う》ち落とすことは可能である。

「……っ！」

しかし、魔法《まほう》で作られたそれをアタルは撃ち落とすことなく、あえて回避《かいひ》を選択した。

すると矢はアタルが先ほどまでいた場所を通り抜《ぬ》けて、そのまま真っすぐ飛んでいく。

「なんだあれは……」

アタルは矢の行方《ゆくえ》を見て驚いている。

矢は周囲の空気を鋭く切り裂《さ》いて、ものすごい音をたてていつまでも落ちることなく飛んで行ってしまった。

回避を選択して成功したアタルだが、直撃《ちょくげき》すれば怪我程度では済まない威力だった。

「初手であれをあっさり避《よ》けるなんてすごいね。こう見えて、仲間からは与一《よいち》なんてあだ名で呼ばれてたりしたんだけどさ……」

狙いすました攻撃がかすりもしなかったことに、コウスケは残念そうな表情になる。

「与一って那須与一《なすのよいち》のことか。それだけの腕前《うでまえ》を持っているということだな」

日本の歴史で弓の実力者として名前を挙げるなら、ほとんどの者が第一に思い浮かべる使い手。

その名があだ名になるほどの実力をコウスケが持っているということになる。

「でもそんな伝説上の人物と同列に挙げられるのはちょっと申し訳なさが勝つけどね」

「だろうな、俺だってビリー・ザ・キッド、ワイアット・アープなんて呼ばれたら、むず痒《がゆ》くなるだろうさ」

薄笑《うすわら》いを浮かべたアタルが冗談《じょうだん》で返すと、コウスケはニコリと笑う。

こんなやりとりも、地球の人間でもなければ通じないものである。

サエモンとのことわざのやりとりをしたのは楽しかったが、それ以上のやりとりができることを心地《ここち》よく思っていた。

「とりあえず、あんたの凄さはわかった。だが、俺もやられっぱなしってわけにもいかないからな。と、いうわけで俺のターンだな」

そう言ってアタルは銃を構えると、即座に通常弾を撃ちだしていく。

ただし、発射された数は一瞬《いっしゅん》で三十を超えている。

「へーっ、すごいね！」

コウスケは後方に飛びながらそれに対処する方法を考えていく。

矢で吹き飛ばすにしても弾丸の数が多すぎるため、コウスケほどの実力とはいえ、そう簡単にはいかない。

連続で矢を放つことも可能だが、どうしても乱射すると威力が落ちてしまうからだ。

「となると、これかな」

コウスケはおもむろに懐《ふところ》から小さな刀を取り出すと、それで弾丸を撃ち落としていく。

弓はいつの間にそうしたのか、背中に背負っている。

「弓以外も使えるのか、すごいな」

あれだけの数の弾丸を短刀ですべて弾《はじ》いていることにアタルは驚いてしまう。

武器を扱う腕前はもちろん、弾丸という速度があるものを撃ち落とすだけの精密さ。

そしてなによりそれらを把握《はあく》できる目を持っていることに驚愕する。

「あんたのその目、魔眼《まがん》ってことじゃないんだよな」

見ている限り、ここまでコウスケの目に魔力が流れているようには見えない。

「そうだね、僕《ぼく》の魔力はそれなりにあるみたいだけど、特別な眼は持っていないんだよ。残念なことにね」

あくまで自分の身体能力だけで先ほどの防御《ぼうぎょ》をこなしているのだとコウスケは言うが、アタルは信じられないものを見ているかのような気持ちだった。

「あれだけの動きを身体能力でまかなっているのか……だが俺も負けるつもりはないさ」

シンプルに身体能力に大きな差があるのをアタルは感じている。だが、そこに差があるのであれば別の攻撃をしていかなければならないと判断して、銃を構えつつ動き始める。

まずは、動きまわることで射線をシンプルにしないこと。

「戦闘《せんとう》らしくなってくるかな？」

先ほどまでは、交互《こうご》に攻撃をしてどう対処するかを見極《みきわ》めていた。

ここからは互いに実戦のつもりで動いていく。

「これはどうだ？」

掛《か》け合いを楽しむように、アタルは走りながら通常弾を連続で放っていく。

「うーん、動きながら撃つことでランダム性を出すというのはいいんだけど、これじゃあ僕に傷一つつけることはできないよ？」

コウスケはここまで来てくれたアタルの実力に期待していただけに、彼《かれ》の単調な攻撃に少し期待外れな気持ちを抱《いだ》き始めていた。

「だろうな」

もちろんアタルはわかっていてあえてこの攻撃を続けている。

「だが、これはどうだ？」

ここでアタルは弾の種類を増やして、弾速を変化させていく。

遅い弾丸、速度に特化した弾丸、これまでと同じ速度の弾丸。

威力、速度が変化することで、コウスケを混乱させようとしていた。

「面白いんだけどね、これくらいじゃ対応も簡単だよ」

この変化にもコウスケはあっさりと対応していく。

（だろうな）

こうなることも当然ながら予想していた。

というよりも、アタル自身、コウスケがどういった実力を持っているのかに興味を持っていた。

魔力量が多いことは遺跡《いせき》で聞いていたが、それをどう使うのか、弓や小刀などを駆使《くし》した彼本来の戦い方を見たいと思っているため、あえて最初から全開の戦い方をしていない。

一方のコウスケはアタルに対してある種の期待を持っていた。

同郷ということもあるが、彼のように地球からこちらの世界に来た仲間たちはみんな特別な力を持っていた。

だからこそ、このアタルという人物も驚かせてくれるようななにかを持っているのではないかとわくわくしたような気持ちになった。

召喚方法は彼らがひたすらつぶして回っていたため、それ以外でこちらの世界に来たという例外的な存在であることも期待を抱いた一因だった。

(でもまあこんなもの、か)

ここまで来られたのはともに旅をしてきた仲間が優秀だったからかもしれない。

たまたま運がよかっただけなのかもしれない。

期待外れだと感じ始めてからはそんな考えまで浮かんできてしまう。

それは表情にまで現れ始めていた。

(ここだな)

久しぶりに同郷の者と会ったコウスケからの期待の感情に気づき始めてから、アタルはこの状況をずっと待っていた。

動き回っているため、アタルの表情は見えない。

だから、ここでアタルが少し笑ったのは見られていない。

(これを、喰《く》らっとけ!)

ここでアタルが撃ちだしたのは魔法弾《まほうだん》。

「――――ん……?」

多くの敵と戦ってきた経験から、これまでの攻撃となにかが違《ちが》うというのだけはコウスケも直感的に感じ取る。

「発動」

ぼそりとアタルがつぶやいた瞬間《しゅんかん》、コウスケの目の前で魔法が発動する。

「炎か!」

火の魔法弾がコウスケの目の前で発動する。

魔法の詠唱《えいしょう》があったわけではないため、寸前で発動されたこれを短刀で防ぎきることは難しい。

驚きながらも嫌な予感を抱いていた彼は直感で体をそらして直撃を避ける。

「発動」

逃《に》げることを想定していたアタルがさらに追い打ちをかけるように続けて火の魔法弾を発動させ、コウスケを攻め立《せ》てる。

「発動」

避けたら避けた先にまた銃弾《じゅうだん》があり、それは留まることを知らず、次々に火の魔法弾が発動していく。

「これは、すごいね！」

ただの弾丸だけしか撃たない――そう思い込《こ》ませてからの魔法弾連発という怒涛《どとう》の攻撃にコウスケは楽しくなってくる。

ガッカリしていた分、その反動で高揚し始めていた。

「これが君の持つ特別な能力というやつかな」

見たことのない能力を前にコウスケの口角は自然と上がっていき、戦闘を楽しんでいる。

「だけど、炎の魔法を使う相手なら山ほど相手にしてきたんだよ、ね！」

召喚されてからのコウスケは数多くの魔物《まもの》や人を相手にしていた。炎の魔法使《まほうつか》い、水の魔法使い、風の魔法使い――それぞれの属性のトップクラスとも戦ってきた。

だから、攻撃のパターンが広がったのを楽しく思っているものの、そこで終わりなのか？

もっとあるのだろう？　と先を見せて欲しがっているのが伝わってくる。

「発動」

だが挑発《ちょうはつ》に乗らないのがアタルであった。

コウスケの言葉に大きな反応を見せることはなく、彼はまだ火の魔法弾を発動し続けている。

「だから、こんなの効かないってわからないかな？」

やっと新しい展開が来てほかにも手の内がありそうな雰囲気を前に、早く次の手を見せろと挑発するコウスケに対して、アタルは同じ言葉を口にし続けた。

「発動」

「またか！」

一瞬期待すれども結果は同じであり、火の魔法弾がコウスケの目の前で発動する。

だがそれと同時に、足元に滑《すべ》り込ませていた氷の魔法弾を発動させる。

「なにっ！」

これにはさすがにコウスケも驚きを見せる。

「発動」

今度は闇《やみ》の魔法弾を使って視界を塞《ふさ》ぐ。

「おおっ！」

ただの弾丸だけを撃ち続けてそれだけだと思わせ、火の魔法弾を撃ち続けることで広がりもこれくらいなのかというところから、複数の属性魔法弾を立て続けに使っていく。

「だけど、これくらいなら！」

魔力量が人より多いコウスケはとっさに足へと魔力を流して氷を砕《くだ》き、短刀によって魔力の流れを生み出してそのまま闇のモヤを取り払《はら》った。

勇者としていろんな敵を相手にしていた時に、手持ちの技でどう乗り切るのか、とっさの判断で臨機応変に対応することは自然と身に付けていた。

「発動」

そこでアタルは光の魔法弾を使う。

「うわっ！」

暗闇《くらやみ》からの光で相手の視界を奪《うば》う。

ここ最近の戦いでアタルが多用する組み合わせだが、相手に視覚がある限りはかなり有効な方法である。

「くっ……！　でもこれくらいならすぐに！」

光の強さにもある程度の抵抗力《ていこうりょく》があるコウスケは、強引に目に魔力を流していくと数秒して視界が戻《もど》ってくる。

「それじゃあ、さようならだ」

コウスケの視界を奪った数秒で、ライフルへと持ち替えて強力な弾丸を撃ちだす準備をしていた。

アタルは玄武《げんぶ》の力を弾丸に込めて、銃気を弾丸に乗せて、コウスケに最強の一撃を放つ。

「刀気の弾丸（玄）」

イフリアがいればスピリットバレットを使うことも可能だが、アタル単独ともなるとこの攻撃《こうげき》方法が最も強力な一撃である。

「お、おおおぉ！」

向かってくる弾丸がこれまでのものと違って、圧倒的な力を秘《ひ》めていることをコウスケは感じ取る。

そして、構える前に放たれた弾丸にコウスケが矢で対抗《たいこう》することはできない。

かといって、手にしている短刀は特別な力を持っているわけではないため、これほどの威力の弾丸をいなすことは不可能である。

「仕方ない。少しあの力を使おうか」

次の一手は出す予定ではなかったのか、諦《あきら》めたように短刀をしまったコウスケは無防備

にすら見える。

「はあああっ！」

しかし、気合とともになにか、武器を持っているように振《ふ》る舞《ま》う。

（あれは⁉）

動きだけではなく、その手には実体がないのに剣《けん》のようなオーラが握《にぎ》られているのがアタルの魔眼に映った。

「断《た》ち切れ、不可視の刃《やいば》！」

そして、声とともに振り下ろされた剣はアタルの弾丸を真っ二つに斬《き》り裂いた。

「おいおい……」

それを見たアタルは、何でもありなのかと驚きを通り越《こ》して呆《あき》れている。

「いやあ、これはなかなか強力な攻撃だったね。まさか僕の愛刀にヒビが入るとは思わなかったよ」

「確かに……」

アタルはコウスケの言葉を受けて、改めて魔眼でその武器を見ていくが、見えない刃にヒビが入っているのを見ることができた。

「あれ？　これ、見えるの？」

まさか反応されるとは思っていなかったため、コウスケはキョトンとした表情でアタルの顔を見る。

不可視の刃と宣言していたように、並の実力者にこの刀の姿は目に捉《とら》えられない。

「あぁ、俺《おれ》は魔眼持ちなんでな。見えないものや遠くのものを見ることができる。その手にしている剣も普通《ふつう》じゃ見えないいんだろうが、剣自体が持っているオーラが見えるから形を把握できている」

力を隠《かく》す必要もないので、青い魔眼を発動させながらアタルは素直に見える理由を話していく。

「へー、それはすごいねえ。へー、ふーん、ほー、カッコいいね！」

先ほどまでの好戦的な雰囲気から一変、好奇心《こうきしん》いっぱいの顔でコウスケはアタルに近づくと、色々な角度から魔眼を確認《かくにん》して、目をキラキラと輝《かがや》かせていた。

「おい、そんなに見るな。あんたの仲間にだって魔眼持ちの一人や二人いただろ？」

あまりに近いコウスケの距離《きょり》間にアタルはげんなりしながら顔をそむける。

たくさんの異世界召喚者や絶滅危惧種《ぜつめつきぐしゅ》である種族たちの保護。

異世界召喚の技法を消したり、後世のために遺跡を作ったり、ヤマトの国を建国したりと、コウスケはかなりの活動をしていた。

規模から考えて一人ではできないことである。

ならば、様々な能力を持つ者がいてもおかしくはない。

「うーん、確かに特別な眼を持っている人はいたけど、そんな風に強い輝きを持つ眼を見たのは初めてだね。にしても、銃使いで魔眼を持っているのは相性《あいしょう》がピッタリすぎる。ずるいと言いたいくらいだよ」

攻撃方法をサポートする能力がマッチしているため、コウスケは素直に感心している。

「あぁ、こっちの世界に来る時にこれも神様にもらったんだよ。武器に関しても、こういう武器が欲しいっていうのを話して、ライフルを用意してもらった。弾丸に関しては代わりになるようなものがこっちにないっていうから、自動装填《そうてん》機能やポイントを使って魔法弾を作ることができるようにした。まあ、かなりの数の魔物を倒《たお》して来たから、いつからかポイント使うのを気にすることはなくなったがな」

最初から困ったことがないため、弾丸がポイント制だという話を誰《だれ》かにしたのは初めてだった。

「なるほどね、ちなみに今見せてくれたのが大体の戦い方ってことでいいのかな？」

通常弾、魔法弾、刀気の弾丸、そして魔眼。

武器は、回転数を重視するハンドガン二丁と、威力を重視するスナイパーライフル。

他にも玄武のナイフや籠手《こて》もあるが、こちらは基本的には使っていない。

「あぁ、単独だったらさっきのでほとんどだ。魔法の弾丸にもう少し種類があるといったところだな」

先ほどの戦いと、普段の自分を比較《ひかく》して、大体こんなところだと素直に返事をする。

「単独だったら……ということは、仲間と連携《れんけい》するとまた何か違うのかい？」

返事の中の一部分に引っかかったコウスケが更《さら》に質問を重ねる。

アタルはそれに少し驚いた表情になっていた。

「よくわかったな、そのとおりだ。まず一つ目として俺は霊獣《れいじゅう》フレイムドレイクのイフリアと契約《けいやく》をしていて、俺の弾丸にイフリアの力を込めて放つスピリットバレットという強力な弾丸がある」

まだ他の攻撃方法もあるため、一つ目という言葉を頭につける。

「二つ目が、同じく弾丸に力を乗せるやり方なんだが、俺の仲間は四神が力を貸してくれているんだ。俺が玄武、キャロというウサギの獣人《じゅうじん》が青龍《せいりゅう》、バルキアスというフェンリルが白虎《びゃっこ》、イフリアが朱雀《すざく》という風に、な。それともう一人、リリアという獣人が宝石竜《ほうせきりゅう》の力をその身に宿している」

「五人も!?」

アタルを含《ふく》めて五人ものメンバーが神の力を使うことができるということに、コウスケは大きな声を出してしまう。

神というのはあまりそうホイホイと力を貸してくれるものではないし、その身に宿すのも相応の実力がないと力に飲まれて暴走するだけだ。

それがアタルのもとには四柱に宝石竜までいるのだから驚かずにはいられなかった。

「あぁ、その四柱の神の力を弾丸に込めた一撃。それが俺の最強最大の攻撃になる」

「ふええ」

想像を超える攻撃方法に、コウスケは情けない声を出してしまった。

「ちなみに、俺の仲間はもう一人いてそいつが恐《おそ》らくあんたの子孫だ。そいつはアメノマの力を持っていたんだが……今は失ってしまったようだ」

つまり、メンバーの数は六人で、そのうち五人がなんらかの神の力を使うことができるということである。

話を聞いたコウスケは想像以上の力が集結していることに気づいて力が抜けてしまった。

「そ、そんなに強い力を持っているのに、まだ強くなろうとしているなんて……」

その貪欲《どんよく》さと、向上心、そしてその力が必要になる外の状況にめまいを覚えてしまった。

「まあ、それだけ邪神は強いっていうことだな。そもそも邪神たちと戦うのに対して、俺たちと並んで戦えるやつが少なすぎるんだよ。だから、まずは俺たちが強くならないといけない」

そのためにここに来たのだという強い意志を伝える。

「なるほどね……それなら、僕たちも全力で君たちのことを鍛《きた》えるとしようか。今回呼び出されたのは僕と、最強の将軍、剣帝《けんてい》、神槍《しんそう》、伝説級のエンペラーウルフ、神話級の覇王竜、の六人なんだけど……あれ？　そういえば、君たちって魔法使い系の人っていないのかな？」

アタルたちは基本的に物理攻撃特化だった。

あえて言えばアタルの魔法弾と、イフリアのブレスやバルキアスがたまに使う風魔法が魔法寄りであるくらいであった。

魔力《まりょく》強化のためにフランフィリアに教えを受けて生活魔法や初級魔法のいくつかを使えるものの、その他の攻撃のほうが強いため戦いに使うことはない。

「一人、強力な魔法の使い手がいるが、そいつは同行していないんだ」

アタルはそう言いながらフランフィリアの顔を思い出している。

「なるほど……少し珍《めずら》しいパーティ構成だとは思うけど、こちら側の呼ばれたメンバーを考えると、それだけ実力があるんだろうね」

この地獄の門内で試練を迎《むか》える際に、呼び出される相手は現在の自分を大きく伸《の》ばしてくれる相手となる。

そのため多くの場合において、同等か実力が上の相手が呼び出されることになっていた。

「あぁ、全員かなりの力を秘めている……が、少し心配なこともあるな」

リーダーであるからこそ、キャロたちのことを信じたい気持ちと、不安な気持ちが入り混じっている。

「ほうほう、どんなことなのかな？」

同じくリーダーだったコウスケも仲間のことについて頭を悩《なや》ませた経験があるため、アタルの相談に乗ってやりたいと思っていた。

「俺たちは仲間で一緒《いっしょ》に戦うようになって、それが当たり前の状況が多くなった。みんなでいれば協力して戦うことができる。だが今回の試練は個人個人で戦うことになるだろ？」

この確認にコウスケが頷《うなず》く。

「個が求められる状況で、自分だけの力で試練を乗り切ることができるのか。それを心配しているんだ……」

なにかがあっても、全力を出し切って動けなくなったとしてもアタルが助けてくれる。

そんなアタルへの信頼《しんらい》感があるからこそ、彼らは全《すべ》ての力を引き出すことができていた。

しかし、そんなアタルがいない状況や今回の試練のように一人ずつの戦いのときはどうだろうか。

「ふむ、確かにそれはリーダーなら一度は悩む問題かもしれないね。僕も、こう見えて結構強かったから、自分が戦えばいいいと思って仲間に任せることができなかった。そのことで仲間たちから反発を受けることもあったし、過保護だと怒《おこ》られたこともあったね」

苦笑《くしょう》交じりのコウスケは、昔の仲間を懐《なつ》かしむように話している。

「あんたみたいな人でもそういうことがあったのか？」

代表として多くの者をまとめあげたコウスケは、迷わずに決断してみんなを引っ張っていったのではないかとアタルは想像していた。

「ははっ、僕だって最初の頃《ころ》は全然ダメだったよ。というか、その後もダメダメだったし、ずっとずっとダメで最後まで仲間に支えられていたんだ。それで、色々経験したうえで、最後にやっとみんなに認めてもらえた感じかな」

誇張《こちょう》でもなく、コウスケの判断が仲間を苦しめることもあり、大きな問題に繋がったこともあった。

叱咤《しった》激励《げきれい》してくれる仲間たちがいたからこそ、コウスケは成長できた。

「でも、ずっと諦めずに頑張《がんば》って、徐々《じょじょ》にみんなを信頼するようになって、周囲を良く見るようにしていったら、自然とそんな悩みは消えていったよ」

この言葉にアタルはなにかに貫《つらぬ》かれたような衝撃《しょうげき》を受けた。

自分にとって同郷の大先輩《だいせんぱい》で、いろんなことを成《な》し遂《と》げてきたコウスケが自分と同じようなことで悩んでいたと聞いて、晴れやかな気分になっていた。

「そう、か。俺だけがなんとかしないといけないという意識がいつの間にか強くなっていたのかもしれないな……」

否定するわけでも肯定《こうてい》するでもない、いろんな経験を経たからこその想《おも》いを乗せたコウスケの言葉は、アタルの心に自然と染《し》み込んでいく。

自分ではマイペースにやれていると思っていたが、ラーギルをはじめとした邪神に対抗できる存在がこの世界にあまりにも不足していたため、知らず知らずのうちに責任を自ら背負っていたのだと気づかされた。

「ははっ、少しは悩みの解決に繋がるようなことを言えたみたいでよかったよ。ともあれ、そんな仲間の信頼にこたえるためには、君が強くなる必要があるよね。さあ、もっと戦おうよ——準備はいいかな?」

先ほどまでの戦いは、互いの実力を確認するためのもの。

ここからは、アタルを鍛え上げるための全力での戦い。

「あぁ、いつでも大丈夫《だいじょうぶ》だ」

覚悟《かくご》はとうにできていると、晴れ晴れした表情のアタルが笑う。

「ここは怪我《けが》をしても治るし、死なないから全力でやりあおう。それじゃ……」

「いくぞ！」

走り出したアタルがありとあらゆる弾丸を放ち、コウスケが魔法の矢を放ち、それらが衝突《しょうとつ》して消滅《しょうめつ》する。

通常の攻撃の威力は同等。

召喚者をまとめた最初のリーダーと最強のスナイパーの戦いは、熾烈《しれつ》を極《きわ》めていく。

ここからは、どれだけ相手を上回る作戦をたてられるか、成長できるかにかかっている
――。

第五話『聖神[redacted]』

アタルたちがそれぞれの相手との訓練を始めてから、門内時間で半年が経過していた。

だが時の流れが違うため、外ではまだ一日も経過していない。

「あやつらはなかなか頑張るのう」

門の上でのんびりと座《すわ》っている門番の老人が、キセルをふかしながら扉《とびら》が開くのを待っていた。

彼の見立てでは、アタルたちは地獄《じごく》の門に入るにふさわしい実力を持っていそうではある。

だが、それでも門内時間の一週間ほどで諦めて出てくるだろうと思っていた。

しかし、意外や意外、全員が心折れることなくまだ戦い続けている。

「……彼らなら、邪神《じゃしん》との戦いを乗り切れるかもしれんのう」

地獄の門の試練を担当する者は、歴代の中でも最強。

彼らの試練を乗り越えるためには相応の実力も必要になるが、それ以上に精神力が必要となる。

地獄の門の中というのはどんな怪我をしても死ぬことがないし、時間の流れも現実とは違うが、それは終わりのない戦いだということでもある。

自分と同じ戦闘方法でしかも格上を相手にするため、何かしらの成長をしなければ終わらない戦いに精神的に疲弊《ひへい》する。

「今日は外の吹雪《ふぶき》も雷《かみなり》も、比較的穏《ひかくてきおだ》やかなようじゃな」

こんなことは、彼が門番になってから一度としてなかった。

いつも外界を拒《こば》むように荒《あ》れ狂《くる》う天気を見続けていた門番の目には、今日は異質に映っていた。

「なにか悪いことの前触《まえぶ》れでなければいいのじゃが……」

心配そうな彼がそう呟《つぶや》いた瞬間、扉が重々しい音をたてて、ゆっくりと開いていく。

「お、おぉ！　戻ってきおったか！」

ひょいと門番が門の前に飛び降りてみると、扉の奥《おく》に人影《ひとかげ》が見えてくる。

その数は六と、入場した時と同数であり、徐々に明らかになるその姿はやはりアタルたちだった。

「ふう、思った以上に時間がかかったな」

「ですねっ」

ため息交じりのアタルに続いて出てきたキャロは晴れやかな顔だ。

「ぐああ、つっかれたあ！」

今すぐ倒れこみそうなほど疲労困憊《ひろうこんぱい》のリリアはでかい息を吐《は》く。

「ご先祖様は厳しいお方だった……」

たっぷりとしごかれてきたのか、サエモンの表情も疲れきっている。

『かっこよかったなあ』

『あぁ、かっこよかった』

もう現実では会えない存在との邂逅《かいこう》を果たして感動しているバルキアス、イフリアの順番で門から外の世界へと戻って来た。

「ん？　バルとイフリアだけなんか別のことをしていたのか？」

他の四人は疲れを見せているが、バルキアスたちはキラキラと目を輝かせている。

リリアとサエモンは相当鍛えられたのがわかるほどであっただけに対照的だ。

「まあ、いいか。みんな久しぶりに会ったが、なんだか格好が少し違うな」

地獄の門の試練を乗り越えた仲間たちを見回しながらそう言ったアタルも服装が今までと異なっていた。

試練の中で服がボロボロになってしまったため、それぞれが門から出る際に、試練の相手が服を用意してくれていた。

基本的には元々の服と大きく変化していない。

しかしどれも新品になっており、全員の服に青の差し色が入っている。

これはコウスケが気に入っていた色であると同時にアタルの魔眼の色でもあり、戦っていた全員の服に同じ色が使われていた。

「アタル様っ、とってもお似合いですっ！」

自分にも同じような色があることを嬉《うれ》しく思ったキャロがストレートにアタルのことを褒《ほ》めていく。

「ありがとう、キャロも良く似合っているぞ」

すると、アタルも同じようにキャロを褒め、彼女《かのじょ》の頭を優《やさ》しく撫《な》でていく。

「うんうん、やっぱり二人はお似合いだねえ」

その様子をリリアたちはニコニコと見ている。

「こんの、出て来たと思ったらいちゃいちゃしおって！」

それに対してずっと扉の外でアタルたちを待ち続けていた老人は怒《いか》りを見せる。

「あぁ、あんたいたのか。ずっと待っていたのか？」

具体的にどれだけ時間経過があったのかはわからないが、中ではかなりの時間が経過しているることだけはアタルたちもわかっている。

「そうじゃ！　お前たちがなかなか出てこんから、ずーっとここで待つことになったんじゃ！　で、強くなれたのか？　――という質問は愚問《ぐもん》か。出てこられたということは強くなったのは当然のことじゃからな。それに……」

最初は怒っていた老人もアタルたちを順番に見て次第《しだい》に表情を和《やわ》らげていく。

そして満足そうに笑う。

「見ただけで入った時よりも強くなっているのがわかるのお」

アタルたちの内包する力が圧倒的《あっとうてき》なまでに増えていたのを感じ取っているようだ。

「それで、あんたは何者なんだ？　本当にただの門番だったら俺たちが中に入った時点でお役御免《ごめん》のはずだ。それなのに出てくるのを待っていたってことはなにかあるんだろう？」

アタルはこの老人が門を守っているだけの存在だとは思っていない。

「ほっほっほ、わかっておったのか。じゃが、少し間違《まちが》っておる。ワシがこの門の守り手をしているのは本当じゃ。正体はただの老人ではなく『聖神[redacted]』じゃがな」

カラカラと笑いながら門番の老人は名乗ったが、アタルたちは首を傾《かし》げる。

誰一人《だれひとり》として名前を聞き取ることができなかった。

「おっと、そうか。ワシの名前は聞き取れないか……ふむ、じゃったら聖神とだけ覚えてもらえればいいかの」

どうやら神にしかわからない発音の言葉だったらしく、上だけで呼ぶように言う。

「そうか、その聖神がわざわざ待っていたということは何か用事があるんだろ？」

なにもなくて待っていたと言われても到底《とうてい》信じられない。

だから、きっとなにか裏でもあるのだろうと、アタルは予想している。

「ほっほっほ、なかなか賢《かしこ》くて面白《おもしろ》い若者じゃな。そのとおりじゃ。お主らは地獄の門の中でかなり強くなった。しかし、それは本当に自身の力になっているのか？　本当に強くなっているのか？　そう思っているじゃろ？」

言葉は質問形式になっている……が、アタルたちの答えを待たずに、聖神は話を進めていく。

「では、その力をどうやって確認すればいいのか？　……戦えばいいのじゃよ」

そう言うと聖神は右手を掲《かか》げる。

「その相手はもちろんワシが用意しよう。最後の試練とでも思うがよい！　いでよ、我《わ》が使い魔たちよ！」

聖神から強力な力が発せられて、天へ伸びていくかのように見えたが、なぜかその力が急に途中《とちゅう》で曲がって吸い寄せられるように勢いよく地獄の門へと向かって行った。

するると聖神の力に反応して、門が真っ赤に染まっていく。

アタルたちが中に入る時にはただ眩《まばゆ》い白い光といった様子だったが、今は地獄という名にふさわしい様相だった。

「どんな奴《やつ》が出てくるのか楽しみだな」

「そうですねっ」

「真っ赤なのも結構綺麗《きれい》だねー！」

のんきなアタルをはじめ、キャロとリリアもどうなっていくのかと、好奇心に胸を膨《ふく》らませながらただ眺《なが》めている。

「い、いや、これはワシの想定と違うぞ……」

なにが起こっているのかわからず、聖神は動揺《どうよう》しながら門を見ていた。

地獄の門がこんな色に染まるのは想定外、そもそも聖神が呼び出そうとした使い魔は、空から呼び出す形である。

『なんか、嫌《いや》な気配がするね』

『うむ、地獄の名にふさわしい赤黒い輝きになっている』

奥から感じられるおぞましい気配をいち早く感じ取ったバルキアスとイフリアは、地獄の門の変化に真剣《しんけん》な表情になっていた。

「な、なにかが出てくるぞ！」

聖神にもわからないなにかが地獄の門から飛び出そうとしている。

燃えそうなほど真っ赤に染まりあがった地獄の門の重い扉が、内側から壊《こわ》されんばかりに勢いよく叩《たた》かれていた。

その気配の数は三つ。

『ぐおおおおおおおおおおおお！』

『やっとでられたぞおおおおおおおおお！』

『創造神どもめ、殺してやるぞおお！』

大きく重い扉が勢いよく一気に開け放たれると、赤、青、緑の巨大《きょだい》な鬼《おに》が飛び出してくるなりビリビリと響《ひび》くほどの咆哮《ほうこう》をあげる。

サイクロプスかと思うほどに筋骨隆々《きんこつりゅうりゅう》で巨体《きょたい》を誇《ほこ》る鬼たち。

赤は額に一本角が生え、手には巨大な金棒を持っている。

青と緑は頭の左右に一対《いっつい》の角が生えており、青鬼が斧《おの》を、緑鬼が薙刀《なぎなた》を手にしている。

そのどれもが神が持つ武器であるため、普通の武器では攻撃を受けることすらできそうにない。

「で、あれはなんなんだ？」

明らかに凶悪《きょうあく》な存在だが、それでいて神聖な力を持っていることがわかる。

「う、うむ、あやつらは鬼神《きじん》といって、地獄の門の本来の持ち主である閻魔《えんま》の手下の神じゃ。力を失って地獄の門に封《ふう》じられたんじゃが……力を失っていただけのようじゃな」

まさかこのタイミングで復活するとは聖神も思っていなかったようで、未《いま》だ動揺の渦中《かちゅう》にいた。

「なるほどな。あいつらも神であって、恐らくは邪神側についたんだろ？　見た目とさっきの叫《さけ》びでわかる」

凶悪な面構《つらがま》えをした鬼神たちは、こちらのことはまだ視界に入っていないにもかかわらず、『創造神どもめ、殺してやる』と恨《うら》みつらみを吐いており、明らかに邪神側についていることが伝わってくる。

「そのとおりじゃ。すまんな、ワシの力を吸収して蘇《よみがえ》ったようじゃから、責任をもって封《ふう》印《いん》する。少し待っておれ」

この者たちと対峙《たいじ》させたかったわけではない聖神は、杖《つえ》をいずこからか取り出して鬼神たちへと向かおうとする。

「いやいや、あいつらの相手は俺たちだろ？　せっかく力試《ちからだめ》しにちょうどいいやつらが出て来たんだから邪魔《じゃま》をしないでくれ」

だが、アタルは自分たちが戦うと言って聖神の動きを止めた。

「いや、じゃから、あやつらは本来呼び出そうと思った者たちとは別なんじゃよ！」

聖神の使《つか》い魔《ま》であれば、いざ危険な時に止めることができる。

だが鬼神は聖神とも敵対している側の神であるため、それができない。

「むしろちょうどいい、だろ？」

しかし、アタルは引くつもりがない。

殺しにかかってくる相手だからこそ、互《たが》いに本気で戦うことができ、強くなったかどうかを推《お》し量《はか》ることができる、と考えていた。

「それじゃあ、どう分けるか……こっちが六で、あっちが三か」

普通に考えれば、二人ずつに分かれて戦うのが定石である。

聖神もそうするのだろうと、予想していた。

「よし、じゃあキャロ、リリア、サエモンが一体ずつ相手をして、俺が弾丸《だんがん》で援護《えんご》。バルとイフリアは休憩《きゅうけい》にしよう」

「……はあっ？」

まさかの作戦に、聖神が驚《おどろ》いている。

「おいおい！　人数で上回っているというのに、なぜあえて少人数でいくのじゃ！　相手は復活したばかりとはいえ神じゃぞ？　人の身で勝てるわけがなかろう！」

アタルが舐《な》めた考えをしていると考えた聖神は、信じられないといった顔でアタルのことを怒鳴《どな》りつけた。

「大きな声を出すな。あぁ、気づかれたじゃないか」

やれやれと呆れたアタルが視線を鬼神たちに向ける。それと同じように鬼神たちもこちらを見ていた。

「し、しまった！」

自分が何とか封印するつもりであった聖神は、自らが大声を上げるというミスで敵視を引いてしまったことに焦《あせ》っている。

復活したばかりで冷静に周りが見えていない状態の鬼神たちであれば、不意を突《つ》くことも可能だったはずだ。

特に遠距離《えんきょり》武器を持つアタルがいるならなおさら。

「まあ、奇襲《きしゅう》するつもりもなかったから別にいいんだけどな、というわけで始めるか」

アタルが改めて鬼神たちを指さすと、キャロ、リリア、サエモンの三人が頷いて動き出した。

『貴様ら、敵だな！』

『あやつは[redacted]！』

『人間どもを駆逐《くちく》せよ！』

相手の狙《ねら》いは聖神だけにとどまらず、アタルたちも敵意を向ける対象になっていた。

アタルたちが神の力を持っているからなのか、人類を敵視しているのか。

それとも聖神とともにいるからなのか——とにかく鬼神たちは敵意をむき出しにして、殺意を持った目でアタルたちを見ている。

「さ、地獄の門の試練を超《こ》えたみんなの成長を見せてもらうか」

鬼神たちの視界から消えるように動きながら、アタルはニヤリと笑って、自らもスコープを覗《のぞ》き込《こ》んだ。

「私が相手ですっ！」

先陣《せんじん》を切るように飛び出したキャロが相手どったのは赤鬼神だった。

『小さきものよ、死ね』

勢いよく振り下ろされる金棒には、魔力、鬼力、腕力《わんりょく》がありったけ詰《つ》め込まれており、強力な一撃《いちげき》となっている。

「ふっ！」

それをキャロは剣で受け止めず、受け流して剣の腹を滑《すべ》らせながら、自身は赤鬼神の足元へと滑り込んでいく。

今回は魔神《まじん》の剣ではなく、獣人である自分の力を引き出すために獣王の剣を使っている。

「やあああっ！」

そして、赤鬼神の足に斬りつけると勢いのまま素早《すばや》く背後に回った。

『この、生意気な！』

どうやら傷は浅いらしく、赤鬼神はすぐにキャロに振り返る。

『な、なに？』

しかし、そこにキャロの姿はない。

彼女は再度赤鬼神の背後に回っており、その際に反対の足に斬りつけていた。

ぶしゅっと音をたてて勢いよく血が飛び出るが、すぐに再生してしまう。

「回復力が高いですねっ。でも、皮膚《ひふ》はあまり硬《かた》くないようですっ」

キャロは鬼神の再生力は気にも留《と》めず、攻撃が入る方を重要視している。

『だからといって、貴様の攻撃は効かんぞ！』

キャロの言葉に赤鬼神は怒りを見せた。

「そうですねっ、さっきまでの私の攻撃では効かなかったかもしれませんっ！」

試練を終えたばかりとは思えないほど機敏《きびん》な動きを見せるキャロはニコリと笑うと、自らのギアをあげていく。

「いきますよっ！」

『なっ！』

赤鬼神はキョロキョロと周囲を見回す。

地面を蹴《け》ったキャロがどこにいるのか、わからなくなっていた。

「速いな」

アタルはその動きを見て感心している。

「は、速すぎじゃ……」

隣《となり》にいる聖神は、その動きに驚いている。

「地獄の門の試練を超えたんだからあれくらいはやってもらわないと困るけどな」

これまで長いこと一緒に旅をしてきたアタルは、キャロがまだ全然本気を出していないことをわかっていた。

「せいっ！　やあっ！　いけえっ！」

ぶんぶんと大きな金棒を振り回す赤鬼神をしり目に、キャロは赤鬼神の左側に回り込んで、一撃、二撃、三撃と攻撃《こうげき》を加えていく。

ただし、今度は獣力をこめているため、先ほどよりも傷口は深い。

獣王の剣は獣力と相性がよく、彼女の力に応《こた》えようと切れ味が増していた。

『ぐっ、こ、これくらい！』

それでも赤鬼神のダメージはすぐに回復していく。

聖神の力を取り込んだことで本来よりも再生力が上がっている。

「わかっていますっ」

それを見越《みこ》して、キャロは素早く反対側へと回り込んで、今度は逆足に斬りつけていく。

元々彼女の戦い方は機敏な動きと圧倒的な手数。

それを最大限に活《い》かした戦いをできている。

『ちょ、ちょこまかしおって！』

今度は反対か、とそちらを向こうとした時にはキャロは位置を変えている。

相手に位置を把握《はあく》させずに移動しながら攻撃を加えていくことで、相手に攻撃の隙《すき》を与《あた》えず、着実にダメージを与えていく。

それがキャロの作戦である。

彼女に接近させることを許した時点で赤鬼神の負けは決まっていた。

『このおおおお！　邪魔だあああああ！』

元々真っ赤な顔であるため、怒りに染まっているのかはわからないが、声色《こわいろ》からは怒りに満ちていることが伝わる。

ズシンと金棒を地面にたたきつけたと同時に、赤鬼神の身体は、まとわりつくような暗い紫色《むらさきいろ》のオーラに包まれていく。

「っ！」

それが危険だと察知したキャロは慌《あわ》てて後方に距離をとった。

『ぬおおおお！』

オーラが徐々に形をとっていきその姿が見えていく。それは赤鬼神の身体を守る暗い紫色の鎧《よろい》だった。

「さすがに簡単にはいきませんねっ」

先ほどのような攻撃を続けていけば、赤鬼神の再生力を上回って倒せたと考えていた。

しかし、相手が新たな力を見せて来たので、それも仕切り直しとなる。

「ですが、負ける気はしませんっ！」

『ほざけ！』

動揺が一ミリもないキャロに対して、赤鬼神はさらにいら立ち、それとともにわずかな焦りを覚える。

（この獣人、俺《おれ》の鬼気《きき》を見ても動じないとは……理解できないわけでもあるまいに。つまり、馬鹿《ばか》にされているということか！）

力を感じられているのに、なんの反応も見せないということは、舐められているのではないかと赤鬼神は思い始めていた。

『くらえ！』

先手を繰《く》り出そうと息巻いた赤鬼神はキャロが距離《きょり》を詰める前に、金棒を振《ふ》るう。

先ほどまでの何倍もの速度で振られた金棒からは、鬼気の刃《やいば》がいくつも生まれ出でて、キャロに向かって飛んでいく。

「っ――危ないぞ！」

思わず叫んだのは聖神である。

鬼気とは、鬼神だけが使える力であり、その威力《いりょく》は神が持つ力の中でも強力なもの。

キャロはそれに向かってまっすぐ進んでおり、避《よ》ける気配がない。

「大丈夫だ。黙《だま》って見ていろ」

アタルはそんな彼女のことを信頼しており、これも彼女なら乗り越《こ》えられると確信していた。

「むう……」

一方の聖神はいくら地獄の門の試練を乗り越えたとあっても、強化された鬼神を前にしているとあってはアタルの言葉に対して半信半疑となっており、難しい表情をしてしまう。

だが、すぐにその答えはわかることになる。

「せやあああ！」

気合を込めた声とともにキャロは剣《けん》を鬼気に向かって振り下ろしていく。

『ふん』

きっとこのまま鬼気が彼女のことをあっけなく弾《はじ》き飛ばすだろうと考えている赤鬼神は、キャロの行動を鼻で笑う。

しかし、結果として聖神と赤鬼神は間抜《まぬ》けな声を出してしまった。

「……えっ？」

『――はっ？』

キャロの一閃《いっせん》によって、全ての鬼気は霧散《むさん》していた。さらに彼女は足を止めることなく、呆然《ぼうぜん》と立ち尽《つ》くす赤鬼神の懐《ふところ》に入りこむ。

「甘《あま》く見過《みす》ぎですっ！」

気合の入った表情のキャロは先ほど以上の力を込めて、獣王の剣を振り下ろした。

獣力《じゅうりょく》に剣気をのせたそれは、鬼気の鎧ごと断《た》ち切っていく。

大きな一太刀《ひとたち》を食《く》らった赤鬼神の身体から激しく血が噴《ふ》き出した。

『ぐあああ！』

最初の攻撃では声をあげることのなかった赤鬼神だが、この攻撃には思わず悲鳴をあげてしまう。

「まだまだですっ！」

獣王の剣から武器を替え、左右に玄武《げんぶ》の短剣《たんけん》と剣を持ったキャロによる連続攻撃は止まらない。

次々に襲《おそ》いかかる剣戟《けんげき》は、赤鬼神に着実にダメージを与えていき、再生が間に合わなくなってきていた。

『な、なぜ、こんな、貧弱な小娘《こむすめ》の攻撃が！』

自分に対して、防御力《ぼうぎょりょく》、再生力を上回る攻撃を続けてくるキャロのことを信じられない目で赤鬼神は見ている。

『くそ！』

もちろん赤鬼神も無抵抗《むていこう》なわけではなく、必死に金棒を振り回して攻撃している。

金棒による攻撃だけでなく、空いた手で作った拳《こぶし》による攻撃と、鬼気による攻撃と、形にこだわらずに無数の攻撃を繰り出していた。

最初は自分よりも遥《はる》かに小さい存在であるキャロのことを舐めきっていたため、圧倒的な力によるごり押《お》しで瞬殺《しゅんさつ》できると思っていたが、それでは勝てないと思い知らされている。

それでも、どれほど赤鬼神が抵抗《ていこう》しようが、素早さで分があるキャロにその攻撃は一切《いっさい》届いていない。

「どれだけ強い攻撃だとしても、食らわなければなんてことありませんっ！」

素早く動き回りながら連続攻撃しているキャロに攻撃を命中させるのは至難の業《わざ》であり、その上、スタミナが切れてきた赤鬼神の力は徐々に落ちてきている。

このままいけばキャロの圧倒的勝利で終わる——。

それと同タイミングでリリアは巨大な斧を振るう青鬼神と戦っていた。

「わー、なかなか強い攻撃だね！」

ズシンと響くような一撃を繰り出す青鬼神と戦うリリアはキャロとは違《ちが》い、足を止めてまるで戦いを楽しむように攻撃を撃《う》ちあっている。

槍《やり》と斧の打ち合い。

普《ふ》通《つう》に考えれば巨体から放たれる斧の一撃は重くて威力もあるため、リリアの槍の方が弾《はじ》かれてしまう。

『ぐ、ぐううう！』

しかし、リリアは槍の先端《せんたん》のみで斧の刃を受け止めて、完全に相手の攻撃を封じていた。

彼女が地獄の門で戦ったのは神槍とも呼ばれた、最強の槍の使い手。

フウカ本人は何の力も持っていないと言っていたが、だからこそ相手の力を利用した受け流しや細かい力の使いどころが優《すぐ》れていた。

そんな彼女の戦い方を学び、様々な攻撃を防ぎきれるようになったリリアならば、斧くらいであれば簡単に封じることができる。

しかも、リリアは槍に竜力《りゅうりょく》と槍気をこめているため、青鬼神の鬼気にも十分に対抗《たいこう》することができていた。

『ならば、これならどうだ！』

青鬼神が使う斧は小さい片手斧。

一つでだめならばと左右の手にそれぞれ片手斧を持って、攻撃の手数を増やしていく。

『うおおおお！』

まるで雨が降るかのように、二つの斧が次々とリリアへと襲いかかる。

「遅《おそ》いよ！」

しかし、彼女は全ての攻撃を槍で受けきって見せた。

「な、なんと！　あちらの竜人の子もあれほどの力を持っているとは……」

聖神はその戦いを見守りながら思わず息を呑んだ。

攻撃を封殺《ふうさつ》することでリリアは実力の差を見せつけている。

「攻撃はもう効かないってわかった？　じゃあ今度はこっちが攻撃させてもらうね！」

ここまでは防御《ぼうぎょ》のための槍の使い方をしていた。

『な、なにを……』

言っているんだ？　と問いかけながらも左腕《ひだりうで》を振り下ろそうとした瞬間《しゅんかん》。

カーン、という大きな音を立てて、青鬼神の左手が斧ごとかちあげられた。

「もう、そっちの攻撃はできないよね」

『そ、そんな……』

斧をなくしてもすぐに左手を振り下ろそうとする青鬼神だったが、痺《しび》れからそれができずにいる。

しかも、弾かれた斧はよく見ると刃の部分がすっかり欠けて使い物にならない状態になっていた。

「っ……反対も⁉」

金属音は立て続けに鳴り響き、右手も同じように封じられてしまう。

一瞬《いっしゅん》で起こった現実に、あっけにとられてしまう青鬼神。

「もう終わり？　つまんないね、あなたの攻撃」

そう吐き捨てたリリアは、今度は攻撃のために槍を振るい、穂先《ほさき》が青鬼神の胴体《どうたい》めがけてまっすぐに向かって行く。


「――ふむ、思っていた以上に成長できたようだ」

緑鬼神と戦っているサエモンはその中で自らの成長を実感していた。

地獄の門から出てきたときは疲労困憊だったが、緑鬼神との戦いの中ですっかり元の体力を取り戻《もど》すほど、緑鬼神との戦いは圧倒的なものだった。

『はあ、はあ、はあ、はあ……』

既《すで》に緑鬼神は息も絶え絶えであり、どれだけ攻《せ》め立てようと息一つ乱さず戦い続けるサエモン相手に戦う意思が削《そ》がれてきていた。

なぜ、この組み合わせだけここまで一方的な結果になっているかというと、地獄の門で試練という名の修行《しゅぎょう》をつけてくれた相手に理由があった。

キャロとリリアの場合は、相手が手合わせの中で二人の力をゆっくりと引き出してくれて、かつ防御の大切も教えてくれた。

何が足りていないのか、どこが伸《の》ばせるのか、自身に気づきを与え、底力を高める。

そして、二人は相手の力量を確認《かくにん》したうえで、自分がどれだけそれに対応できるのかを試そうとする試練を超えるため、相手もじっくり戦ってくれた。

最終的にどれだけ成長したのかも実感させてくれる指導方法であり、結果として彼女たちにとっては鬼神たちなど相手ではなかった。

しかし、サエモンの場合はどれだけ成長しようとも相手となるセイエイを超えた実感を得ることなく、ずっと同じ差を感じさせられたままの戦いであった。

これはセイエイが天才過ぎたための弊害《へいがい》で、彼《かれ》は自分の力をサエモンの成長に合わせて解放していた。

そのため、サエモンは実際には成長していたはずなのに、実感できないまま外に出てきていた。もちろん本人も多少は成長したとは思っているが、他の面々と比べると……。

「これだけの力を手に入れられたのか……」

だがその成果をここに来てやっと実感することができていた。

全力で挑《いど》んでいるサエモンに対して、緑鬼神は一切の手出しもできず、防戦一方を強《し》いられていた。

「……それに」

そのまま一閃を見せることなく、居合切りの要領で緑鬼神の薙刀を真っ二つにする。

これは、刀に刀気を乗せた技。

元々この力を使うことはできたが、以前は集中に集中を重ねた時だけに使う全力の一撃だったが、セイエイとの戦いの中で今はそれを当たり前に使いこなせるようになっていた。

「私が身に付けたと思っていた刀気にこんな先があるだなどと思ってもみなかった」

以前よりも刃の鋭《するど》さが一層増し、切れ味が何十倍にもなっている。

それだけでなく、サエモン自身の刀力の乗せ方がうまくなったことで、刀の強度も強くなっているため、折れないのはもちろんのこと、刃こぼれすることすらない。

『この、人間ごときが！』

「その人間ごときに負けているお主は何者なんだ？」

サエモンのことを緑鬼神が見下すような発言をするが、この状況《じようきよう》になってまでその姿勢を守ろうとすることに彼は首を傾げている。

『ぬおおおお！』

それが彼の怒りを増長させ、緑鬼神は真っ二つになった薙刀をサエモンへと投げつけた。

「そんなもの」

先ほど自分が壊した薙刀を今更《いまさら》投げつけられたところで、怖《こわ》くもなんともない。そう思いながらサエモンは単純に刀で弾いた。

『うおおおお！』

しかし、それは目的ではなく邪魔だったから投げただけであり、緑鬼神の手には巨大な刀が握《にぎ》られていた。

「武器を替《か》えたからといって……なに⁉」

今度も先ほどの斧と同じように破壊《はかい》しようとしたが、巨大刀は壊れることなくサエモンの刀と拮抗《きっこう》している。

『ふっふっふ、これはアメノマが作った刀を邪神《じゃしん》様が私にあうように作り変えてくれたものだ。簡単に壊せると思うな！』

それを聞いた瞬間、サエモンの心臓がドクンと大きく一つ跳《は》ねた。

そして、身体に熱い血が流れていく。

（この刀は本当にアメノマ様が作られた刀ということか！）

自らの身体に流れているアメノマの血が、魂《たましい》を込めて作った刀を奪《うば》われ、身勝手に改造されたことに怒り震《ふる》えているのを感じている。

「――ならば、その刀……返してもらうとしよう」

その想《おも》いを受け取ったサエモンは、再度刀を構える。

(アメノマ様の刀を壊さずに緑鬼神だけを無力化して、刀を奪う！)

覚悟《かくご》を決めたサエモンの力はより一層洗練されたものになる。

「いくぞ！」

『こい！』

防戦一方だった緑鬼神はやっと攻撃できると、刀を構えてサエモンを迎《むか》え撃つ。

先ほどまでに見られたような隙はなく、サエモンのことを見下す気持ちもどこかにしまっている。

「それでこそ戦いがいがあるというもの！」

戦うならば強者との方がいいと、気合の入った表情のサエモンは一歩踏《ふ》み出し、鞘《さや》から勢いよく刀を抜《ぬ》いて緑鬼神へと斬《き》りつける。

『甘いぞ！』

さっきまでの緑鬼神であればやられていたかもしれない。

しかし、アメノマの刀を抜いた彼は、刀が持つ力によって強化されていた。

ゆえに、双方《そうほう》の刀は衝突《しょうとつ》して、互いに弾かれる。

「アメノマ様の刀はそのような使い方をするものではない」

『こちらとて負けるわけにはいかぬ！』

サエモンの刀と緑鬼神の刀がぶつかり、鋭い金属音が響きわたる。

鍔迫《つばぜ》り合《あ》いと剣戟の応酬《おうしゅう》が続き、互いにわずかながら傷を負っていく。

（我が祖、アメノマ様。力をお貸し下さい！）

このままでは力による戦いになってしまう。短時間であればサエモンも対抗できるが、体格差が大きいためいずれ押し込まれてしまう。

そう考えたサエモンは、ここで自らの内にあるアメノマの力に語りかける。

一度は失ってしまったアメノマの力。

彼はそれを地獄《じごく》の門の中で取り戻していた。

サエモンの呼びかけに応えたアメノマの力は、サエモンの力を強化すると同時に、緑鬼神が持つ刀の力を奪っていく。

「ここで決める！」

一気に片を付けようとサエモンが踏み込んでアメノマの刀を自らの刀で遠くに吹《ふ》き飛ばした。

『クッ……！』

『青、緑！』

緑鬼神が追い詰められた瞬間、赤鬼神が大きな声をあげる。

呼ばれた二鬼神《ふたきじん》が赤鬼神を見ると、そこには膝《ひざ》をついて倒《たお》れている姿があった。

青鬼神もリリアからかなりのダメージを受けており、緑鬼神も奥の手《おくのて》である巨大刀を失っている。

『我々の本来の力を使うぞ！』

この赤鬼神の言葉に、もう後がないと判断した青鬼神と緑鬼神は頷《うなず》く。

使いたくなかった奥の手を出すほどに危険な状況なのだと、互いに理解していた。

『我が赤の力は一つに戻る』

『我が青の力は一つに戻る』

『我が緑の力は一つに戻る』

眼を閉じた三鬼神が右手を掲げて、色以外は同じ言葉を同時に紡《つむ》ぐ。

すると、それぞれの身体が光に包まれて、それぞれの名のとおりの色の光の球へと変化していく。

「あ、あれは……」

この行動の正体を知っているのは聖神だけであるが、彼はこの状況に動揺しているため、それ以上の言葉が出てこない。

絡《から》み合うようにふわふわと浮《う》いた光の球が一か所に集まり、混ざりあった三色が一つになる。

『あああああ！』

一つになった球からいびつな声音《こわね》の咆哮がわきあがり、球が徐々《じょじょ》に鬼の身体を形成していった。

「デカイな……」

アタルが思わず呟《つぶや》いてしまうほどの巨大さもさることながら、ケルベロスのように頭部には三つの顔があり、金髪《きんぱつ》の長い髪《かみ》を持ち、額からそれぞれ一本ずつ角が生えている。

恨みがこもった目には鮮《あざ》やかな光彩《こうさい》が独特の模様を描《えが》いていた。

そして、身体からは六本の腕《うで》が生えて剣、斧、弓矢が一つずつ、槍が二本、それぞれの手に装備されている。

「これは、強いですっ」

身体は強固な鎧に包まれており、三柱に分かれていた時よりも、はるかに強い力を秘《ひ》めているのがキャロにも感じられていた。

「なんだか、アスラナに似ているね」

これはリリアが思わず口にした感想である。

顔が三つ、腕が六つという特徴《とくちょう》。

そして神であるということ。

見た目は狂暴《きょうぼう》で、アスラナの美しさは欠片《かけら》も見られないが、先にあげた特徴はまさにアスラナそのものである。

『む、貴様ら、姉上のことを知っているのか？』

「お主ら、アスラナのことを知っておるのか⁉」

まずは合体鬼神が質問を、続けて目を見開いた聖神が驚きながら質問を投げかけてくる。

「あぁ、俺たちは地底にあるダンジョンの最下層でアスラナと戦った。それで、力を認めてくれて武器をもらったんだ」

アタルが言うと、キャロが魔人の剣を、リリアが魔人の槍を掲《かか》げて見せる。

『た、確かに、あれからは姉上の力を感じる……』

一つになったことで鬼神たちは感知能力が高まっているらしく、武器が秘める力についてもわかるようになっていた。

「あやつの名前は阿修羅《あしゅら》。アスラナの弟じゃ……じゃが、アスラナは創造神の側について、阿修羅は邪神側についたんじゃよ」

少し眉《まゆ》を下げた聖神が二人の関係性を話してくれる。

「説明はありがたいが、それどころじゃなさそうだぞ」

二人の関係性はわかった、がそれよりも阿修羅の変化のほうが今は重要だった。

『つまりお前たちはあのアスラナの仲間、ということだな。あの腐《くさ》れ女神《めがみ》のおおおッ！』

最初は冷静だった阿修羅の身体が、次第《しだい》に強力な鬼気と闇《やみ》の力で覆《おお》われていく。

更《さら》に顔は三面ともに真っ赤に染まり、怒《いか》りの表情になっていた。

「どれだけ姉弟仲《きょうだいなか》が悪かったんだよ」

思わず呆《あき》れたアタルがツッコミを入れてしまうほどに、強い怒りを阿修羅が見せる。

「あやつは何度も姉であるアスラナと戦って、毎回負けていたらしい。それは、邪神の側につく前からのことで、かなり根深い問題なのじゃよ」

何十年、何百年というレベルではなく、それこそ何千年以上の昔からの問題であるため、今更もとに戻れる可能性はなく、感情が収まることもない。

「だったら、やるしかないな。バル、イフリア、二人は四神の力をいつでも使えるようにして俺についてきてくれ」

冷静なアタルの指示に二人は頷いていた。

「さて、俺もやるか」

アタルもライフルを構えて、戦闘《せんとう》に加わる準備をしていく。

「……大丈夫《だいじょうぶ》なのか？」

聖神は眉根《まゆね》を寄せながら質問する。

キャロたちの戦い振りは見ていたものの、本性《ほんしょう》をあらわにした阿修羅の強さは鬼神《きじん》の時とは段違《だんちが》いであるため、聖神は心配していた。

「あんた、多分だけど戦闘型の神じゃないんだろ？」

その質問に聖神はキョトンとしたあと、困ったように苦笑《くしょう》する。

「――やはりわかっておったか。そうじゃよ、力の流れや大きさ程度ならわかるが、ワシに戦う力はない。最初お主らの力試しに使い魔を出そうとしたのもそれが理由じゃ」

守りに特化しているだけであり、戦うということには向いていない聖神は阿修羅とアタルたちの力の差がどれだけのものなのか正確にはわかっていない。

「だったら、安心してくれ。すぐに俺たちのほうが強いとわかるはずだ」

アタルが聖神に言い聞かせている間にも、キャロ、リリア、サエモン、バルキアス、イフリアはそれぞれの力を使って阿修羅に攻撃を加えている。

『『その程度の攻撃など虫に刺《さ》されたくらいのものだ！』』

鬼気と闇のオーラを剥《は》がそうと斬りつけても、すぐにそこは修復されてしまう。

それでもなんとか連撃を放つことで傷をつけるが、そこも即座《そくざ》に再生されていく。

鬼神の時よりも再生力が上がっているため、ダメージはほとんどないに等しい。

「どれ」

戦いに合流したアタルも弾丸を何発も撃ちこんでみるが、通常弾《つうじょうだん》は全《すべ》てオーラによって防がれてしまい、魔法弾《まほうだん》も効果的ではない。

「ふむ、まあこんなものか。じゃあ、次はもう少し近くで見てみるとしよう」

魔眼を発動させると、アタルは阿修羅へと近づいていく。

「お、おい！」

アタルが遠距離《えんきょり》攻撃《こうげき》タイプだとわかっているため、聖神が慌てて呼び止めようとするが、もちろんアタルは止まることなくそのまま近づいていく。

「……やれやれワシも心配性《しんぱいしょう》じゃな。大丈夫だと言ったんじゃ。とりあえず、彼らの力を見させてもらうとするかの」

どうせできることもないのだからと、ため息を吐《つ》いた聖神は安全そうな場所に腰《こし》を下ろすとアタルたちの戦いを見守ることにした。

「リリアさん、同じ場所を攻撃しましょうっ！」

「わかった！」

魔神の剣と槍を持つ二人は、武器に宿るアスラナの力を発動させて攻撃していく。

剣自身に女神アスラナの力が込められているというのは、地獄の門の中で剣帝《けんてい》と神槍《しんそう》が教えてくれたことだ。

彼らは魂の存在になっているため、力の感知に対してかなり敏感《びんかん》だった。

キャロとリリアに対して、フウカとキッドはなぜ四神の力や、核《かく》として装着している宝石竜の力は使っているのに、武器に宿っている女神の力は使わないのか？　とそれぞれ問いかけていた。

最初はキャロもリリアもなんのことかわからずに首を傾《かし》げてしまった。

それぞれの魔神武器が強い力がこもったものだとはわかっていたが、アスラナの力が宿っているとは気づいていなかった。

試《ため》しに他の神たちの力を引き出すのと同じようにして二人がその力を試すと、武器がそれぞれ呼応したことで理解することとなった。

「「アスラナの力よ、今ここに顕現《けんげん》せよ！」」

二人の言葉はぴったりと重なって、武器に強く輝《かがや》く光を纏《まと》わせる。

『『姉上め！』』

このアスラナの力が発動されたことで、阿修羅の怒りは更に高まっていく。

憎《にく》い、憎い、憎い、憎い、憎い、憎い――どす黒くて暗い思いがどんどん増幅《ぞうふく》する。

「「やあっ！」」

キャロとリリアはそれに構わず、呼吸を合わせて右足の膝のあたりを斬りつけていく。

『『ぐわあああ』』

それまで傷をつけてもすぐ修復されていた攻撃が初めて届いた感触《かんしょく》があった。

四神、宝石竜、アスラナ、剣気、槍気と、全ての力が込められた一撃で、鬼神に大きな傷をつけることに成功した。

切り口自体がアスラナの力に浸食《しんしょく》されており、再生に時間がかかっている。

『『この、生意気なああッ』』

そんな二人に対して、怒り狂《くる》った阿修羅が武器を振るう。

右の上の手は剣を振り下ろし、真ん中の手は弓をかまえ、下の手はリリアのことを槍で突《つ》こうとしている。

「おぉ、なかなか面白《おもしろ》い攻撃の仕方をするもんだ」

左右三対、合計六本の手を、バラバラに使って攻撃を行っていく。

それによって、キャロたち三人をうまく相手にできていた。

「だったら、こうするのはどうだ？」

キャロたちを狙っている阿修羅の弓攻撃をサエモンが一人ではじき返す。

複数を同時に相手どることはできたとしても、全てに同じだけの注意を割《さ》くことは難しい。

そこで一瞬気配を消してから弓を弾くことで大きな隙を作ることに成功する。

「やあああっ！」

「くっらえええええ！」

そして、キャロが右の上から一本目の腕、リリアが二本目の腕をそれぞれが根元から斬り落とした。

「再生できないようにっと」

アタルは即座に腕の付け根に氷の魔《ま》法弾《ほうだん》を撃ちこんで、再生能力を凍結《とうけつ》によって塞《ふさ》ぐ。

『『離《はな》れた場所から卑怯《ひきょう》だぞ！』』

鬼神はピンチであるがゆえに、このように自身の認識範囲《にんしきはんい》外《がい》からの攻撃によって一層苛《いら》立《だ》ちを増す。

「卑怯とか良く言えたもんだな。神が人を相手にすること自体が卑怯に近いだろうが」

アタルは阿修羅の言葉に呆れた表情で肩《かた》をすくめる。

「まあ、なんにせよだいぶ有利になったのは間違《まちが》いない」

阿修羅の腕が二本使えなくなったことで、キャロたちは余裕《よゆう》をもって戦えている。

さすがに連続して他の腕まで落とされるわけにはいかないため、阿修羅の攻撃はどうにも消極的になってきていた。

「遅い！」

ここで、サエモンが阿修羅の左足に全力で斬りつける。

『『ぐっ、こ、この』』

「そこだ」

膝をついてしまったところに、アタルが再度氷の魔法弾を撃ちこんで、傷口が再生しないようにしていく。

『『何度も鬱陶《うっとう》しい！　こんなものなどおおお！』』

ここで阿修羅が鬼気を強く噴出《ふんしゅっ》したことで、キャロたちは少し距離をとる。

暗い紫色をした鬼気はオーラそのものが邪悪《じゃあく》な力を持っているため、肌《はだ》に触《ふ》れればそこから火傷《やけど》をしたようになってしまう。

しかも、呪《のろ》いに近い形になるため、治りづらい。

『『がははははっ、貴様の氷魔法など吹き飛ばしてくれたわ！』』

その言葉のとおり、鬼気によって腕と足を凍結させていた氷は吹き飛んで、新しく腕が生え始めている。

「ほう、なかなかやるじゃないか」

アタルはそれを見て、感心していた。

鬼気をあのように噴出させるのは、かなり体力を使うことである。それでも、阿修羅は優先度の高い腕の再生を真っ先にしている。

その選択《せんたく》は、多対一の戦いであれば最優先に行うべきことだとアタルも思っていた。

「だが、身体を包んでいるオーラが減っているのを見ると、もっと早くするべきことだったな」

キャロたちとの戦いで、阿修羅はかなり力が削られていた。

その状況での先ほどの行動は、腕がもとに戻った分を差し引いても戦力ダウンはいなめない。

「それに、倒し方はわかった」

そう言い切ったアタルはそれまで援護《えんご》だけをしていたわけではない。

キャロたちの戦いを見守りながら阿修羅の状態を確認していた。

キャロが腕や足を斬って、時には胸のあたりをリリアが鋭く突き刺していたが、どれも決定打になっていなかった。

だが、いくら神といっても際限なく身体を再生していけるはずがないというのがアタルの見立てである。

どこかに弱点、もしくはあの再生力の要因となる部分があるのではないか、と。

それは、鬼気、闇のオーラが薄《うす》まってきたことで、魔眼《まがん》に映っていた。

「――ここだ」

そこに向かって、アタルは光の魔法弾を撃ちだす。

『『ぬっ？』』

光の魔法弾を選んだのは闇のオーラに対抗するためという理由。もちろんダメージを与《あた》える意図はない。

あくまでどこに魔《ま》核《かく》が埋《う》まっているのかを示すための目印として使っていた。

「そこに魔核が埋まっている。合わせろ」

アタルの指示に、キャロとリリアは頷いている。

「ど、どういうことなんだ？」

サエモンは攻撃《こうげき》の手を緩《ゆる》めることはないが、なにをすればいいのかわからずに戸惑《とまど》ってしまう。

それでも、きっとなにかの合図があって、キャロとリリアが動き出すタイミングに合わせればいいのだろうと二人の動きをしっかり把握《はあく》していく。

『『なにを企《たくら》んでいるのかわからんが、貴様らの攻撃など効かんぞ！』』

キャロたちの攻撃を援護するように、アタルは玄武の魔法弾をいくつか撃ちこんでいた。

しかし、どの弾丸《だんがん》も少し傷をつける程度で魔核を貫《つらぬ》けるほどの威力はない。

「バル、イフリア。お前たちの出番だ」

『まっかせてー！』

『承知した。やっと活躍《かつやく》できるな』

ここまで二人を前に出さずに温存した理由は決め手となる一撃《いちげき》に協力してもらうためである。

「いくぞ、放つ弾丸は三発。込める力は全てだ」

『これで、どうだあ！』

アタルのオーダーに応《こた》えるように、バルキアスは白虎《びゃっこ》の力、神獣《しんじゅう》の力をアタルへと渡《わた》していく。

『任せろ』

イフリアは朱雀《すざく》の力、霊獣《れいじゅう》の力をアタルに渡し、自身はスピリットバレットの弾丸になるためにライフルへと装填《そうてん》される。

ずっとこの時を待っていた二人からすれば温存しておいた力のすべてをつぎ込める。

「今回は三発になるが、いけるか?」

既にライフルに入っているイフリアへと問いかけていく。

『無論、問題ない』

地獄の門の試練を超《こ》えたイフリアからは自信たっぷりの返事があった。

こうやって準備をしている間、キャロたちは攻撃の速度を上げており、自分たちへと意識を集中させている。

「やあああっ!」

キャロの左右の剣による連撃は、オーラの鎧《よろい》が弱くなっている阿修羅にとっては、効果的である。

「こっちも、忘れないでね!」

今度は反対側にまわっているリリアは、連続で突きを繰《く》り出してオーラに穴をあけた。

「鎧を壊《こわ》してくれるのは助かるな」

その間隙《かんげき》を縫《ぬ》って、サエモンが斬りつけていく。

サエモンは、終わりが近づいてきているのを感じ取り、刀にこめる刀気を最大限にまで高めているため、深い傷を作ることができていた。

再生に体力を使う必要があるため、阿修羅の力はどんどん失われている。

「ここだな」

キャロが右手の剣《けん》を弾き上げ、リリアが左手の槍を弾き上げ、サエモンが両足を斬りつけた。

回復まで時間がかかるため、すぐには動くことができない。

この瞬間をアタルは待っており、キャロたちが作り出していた。

「いけ」

アタルが放つのはスピリットバレット（玄《げん》・白・朱《しゅ》）。

四神のうち三柱の力を込めている。

弾丸は、阿修羅の左胸、右胸、そして真ん中に命中。

だが、貫くまでにいたらず先端だけが胸に食い込んでいる。

「いまだ」

アタルの弾丸はそれでも突き刺さろうと進み続けていた。

「いきますっ！」

「いくよ！」

「いくぞ！」

その弾丸をキャロ、リリア、サエモンの三人が押し込んで身体の中にある魔核を貫くことに成功する。

『『があああああああああああああああ！』』

叫《さけ》び声《ごえ》とともに、暴れ続けていた阿修羅の動きがぴたりと止まった。

凝縮《ぎょうしゅく》したように一度ドクンと脈打つと、闇の力が消え去っていくのが見える。

『『私は……やはり、間違えていたのか……』』

闇の気配がなくなった阿修羅の頬《ほお》にスッと一筋の涙《なみだ》がこぼれた。

本来の阿修羅は心優《こころやさ》しく、姉のアスラナと対立するつもりは一片《いっぺん》もなかった。

しかし、彼の弱い心を邪神が突く。

彼らの側につくようにうまく誘導《ゆうどう》し、創造神側へ反発する心を生み出させていた。

「ふう、なんとかなったな」

かなりの強敵であったことは間違いない。

それでも、今回のアタルたちは地獄の門の試練を超えていたからか、いつもよりも余裕をもって戦うことができた。

『『私は、間違った道を、歩んでしまったよう、だ……姉に、すまない、と……』』

力を使い果たして死を迎えるというこの瞬間に、ようやく長い間囚《とら》われていた邪神から心を解き放たれた阿修羅は最後の力を振《ふ》り絞《しぼ》って、アタルを見ながらそう口にする。

彼は過去の選択を心から悔《く》い、姉であるアスラナに謝罪の言葉を伝えたかった。

「わかった、会った時に伝えよう……なんだ？」

アタルが阿修羅に返事をしようとしたが、それと同じタイミングで嫌《いや》な気配を感じ取って顔をしかめる。

先ほど消え去ったはずの闇のオーラが奥深《おくふか》くから湧《わ》き出す水のように、急に強く膨《ふく》れ上がっていく。

「おい、じいさん！　これはどういうことだ！」

一体なにが起こっているのかと、聖神へとアタルが尋《たず》ねる。

その間にも力なくぐったりとしている阿修羅の身体を取り込まんと飛び出してきた闇のオーラが触手《しょくしゅ》のようにうねうねと絡みついている。

「わ、わからん！　こんなことは初めて……っ！」

（いや、ワシはこの光景を見たことが……ある！）

見た、と言おうとしたが、突如既視感《とつじょきしかん》に襲《おそ》われる。

「これは邪神の力じゃ！　邪神が神々に言うことを聞かせようとする際に使う、闇のオーラじゃ！　先ほど阿修羅が纏っていたものの何倍もの強さを持っていて、それに取り込まれた者は心まで浸食されてしまうのじゃ！」

相当昔のことだったため忘れていたが、あの力に呑《の》み込まれた仲間のことを聖神は思い出して悲痛な面持《おもも》ちで叫んだ。

「なるほど……ってことは、阿修羅は心を取り戻したはずなのに、今は完全に邪神に心を乗っ取られた状態になっている、と」

「そ、そうじゃ！」

アタルがいやに冷静に話すため、聖神は動揺《どうよう》しながら返事をする。

「――阿修羅、お前は本当に意識がないのか？」

黒いオーラに完全に取り込まれようとしている阿修羅に向かって、アタルが力強く問いかける。

「っ……他の神たちの多くは……元々邪神の眷属《けんぞく》、だ……。属する、側を――変えた者は……この力を使いこなす――はずだ。気を、つけろ……」

ギリギリ耐《た》えていたのか、苦しそうにそれだけ言い終えると、侵食《しんしょく》されるように虹彩《こうさい》を失った阿修羅の目は赤黒くそまっていく。

ぐったりとしたまま闇のオーラによって生み出された触手に持ち上げられ、全身をからめ取られていく。その阿修羅の目は虚《うつ》ろで一瞬解放されたのがウソのように濁《にご》っていた。

「もう、ダメじゃな。先ほどの言葉が最後のようじゃ……！」

完全に闇のオーラに取り込まれてしまい、邪《じゃ》なる力で意識を奪われて狂化《きょうか》されて、強化されているため、聖神は悔《くや》しげに歯噛《はが》みする。

「仕方ない。キャロ、リリア、二人はアスラナの力を引き出して戦ってくれ。取り込まれた阿修羅に力を感じさせるんだ。少しは助けになるかもしれない」

「わかりましたっ」

「わかった！」

一瞬泣きそうになった二人は力強く返事をすると武器に集中していく。

「「アスラナ、力を貸して（下さいっ）！」」

その呼びかけに応えて、魔《ま》神《じん》の剣と魔神の槍《やり》が再び鮮やかな光を放つ。

『あ……す、ら、な……』

すでに三つの顔のうち二つは動かなくなっており、正面の顔だけがだらりと口を開いている。

かろうじて斧《おの》を持つ手の動きはとても緩慢《かんまん》で、ガタガタと不規則にゆがんでいる。

阿修羅が身体の主導権を奪い返そうと、必死に抵抗《ていこう》していた。

アスラナの力を感知したことで、阿修羅の反応が強くなっているのか、邪神側が乗っ取ろうとしてもうまく動けずにいる。

「私が行こう」

ここで真剣《しんけん》な表情のサエモンが攻撃に参加する。

彼は刀を鞘に納めた状態でずっと力を蓄《たくわ》えていた。

集中し続け、そこからの解放とともに刀を抜く居合いだが、サエモンは阿修羅の魔核を撃《う》ち抜いたあとからずっと構えていた。

通常の戦いでは、戦闘中にこのタメを作る時間がない。

それゆえに、戦闘開始時か互《たが》いに間を作る戦闘方法の場合などにしか使えなかった。

「――魔を断《た》つ刃《やいば》」

今思いついた名称《めいしょう》を口にするとともに、引き抜かれる刀。

彼が狙《ねら》ったのは阿修羅の身体ではなく、彼を包む闇のオーラ。

狙いすました一撃は見事なまでに、オーラだけを真っ二つに引き裂《さ》く。

すぐに元通りになるかとも思われたが、サエモンはこの一刀にアメノマの力を乗せていた。

地獄の門の中での試練の末に得た、セイエイが持っていたアメノマの力。その力を譲《ゆず》り受けたサエモンは封印《ふういん》の力を使うことができ、一時的に闇のオーラの再生を封印している。

時間にすれば数秒しか持たない。

しかし、これはアタルにとっては十分なほどの時間だった。

「それじゃ、今度こそ終わりだな……阿修羅、助けられなくてすまない」

本当の心を取り戻《もど》した阿修羅を、今度こそ完膚《かんぷ》なきまでに倒さなければならない。そのことをアタルは申し訳ないと思いながらもライフルを構え、引き金に指をかける。

「……みんなの力をこめて」

アタルは阿修羅との距離《きょり》を縮めており、その周りには仲間たちが集まっていた。

引き金が引かれると、四神の力、そしてダイアモンドドラゴンの力を込めた弾丸が、阿修羅の胸にある魔核をしっかりと貫いた。

「今度こそ安らかに眠《ねむ》れ」

阿修羅の魔核は撃ち抜かれ、ぽっかりと大きな傷を作っていた。

だが、闇のオーラに包まれた際に一か所に集まって、再度大きな一つの魔核を作り出そうとしていた。

それを魔眼で見抜《みぬ》いていたアタルは、みんなが持つ神の力を一つにして弾丸を撃ちこんだ。

『『があああああああああああああ』』

闇に染まった阿修羅の声と、本来の阿修羅の声が重なって聞こえてくる。

『ふざ、ふざけるな、この身体を手に入れたばかりだというのに！』

『き、貴様こそ、私の身体を、解放しろ……！』

闇の意識に負けないように、阿修羅が気合で抵抗してアタルの弾丸を受け入れていく。

「このままでは苦しみが長びく、引導を渡してやろう」

サエモンは近くにあったアメノマの刀を構え、アタルが撃ち抜いた魔核に斬りつける。

今度は確実に魔核に向けた一閃《いっせん》。

アメノマの力もあいまって闇のオーラでできた魔核が破壊された。

『あり、がとう……』

その言葉とともに魔核を失った阿修羅は、ゆっくりと後方に倒れていく。

サエモンの一閃によって今度こそ闇のオーラは全ての力を使い果たしたようで、復活の気配はない。

「終わったか」

アタルがひとつ呼吸を大きく吐くと、その横を泣きそうな顔をした聖神が駆《か》け抜ける。

「おい、おい！　阿修羅、大丈夫か！」

もう意識がほとんど残っていない阿修羅の身体を揺《ゆ》さぶりながら声をかける。

『■■■■■■、か……。大丈夫、とは言い難《がた》いな……』

おぼろげな視界の中、聖神の気配を感じた阿修羅は力なくつぶやく。

本来の魔核は既《すで》に撃ち抜かれており、そこから一つに収束した魔核も撃ち抜かれ、完全に斬られて壊されている。

さらに、闇のオーラに呑み込まれたことは身体には大きな負担である。

それに対抗《たいこう》したことで身体だけでなく、精神体である魂《たましい》にまで大きな負荷《ふか》をかけていた。

『もう……この身体も、もたないだろう……』

そのことはほかでもない、阿修羅自身がよくわかっていた。

「これでどうにかなるか？」

少しでも可能性があればとアタルは強回復弾を容赦《ようしゃ》なく阿修羅の身体に撃ちこんでいく。

「な、なにをするんじゃ！　死の間際《まぎわ》の神に攻撃するとは！」

聖神はアタルの行動に怒りを覚えてつかみかかろうとする。

「ちょ、ちょっと待って下さいっ！　アタル様の武器は攻撃にだけ使うものではなくて、回復にも使えるものなのですっ！」

慌《あわ》てたようにキャロが間に入って説明することで、聖神もなんとか引き下がる。

「あぁ、説明しなくて悪かったな。まあ、そういうわけで今使ったのは回復に特化した弾丸なんだが……」

「ダメ、みたいだね……」

ダメ元であったが、アタルの言葉の続きを悲しそうにリリアが口にする。

『暖かい力を感じた、が……既に魂まで傷ついている状態では効果がないようだな――無《む》駄《だ》にさせてすまない……』

強回復弾の力を阿修羅はしっかりと感じ取っていた。

しかし、この弾薬《だんやく》はあくまで回復するためのものであり、死者蘇生《そせい》には使えない。

もう崩壊《ほうかい》に向かっている状態ではさすがのアタルでも助けることはできない、というのが現状である。

「それは気にしなくていい。いくらでも弾丸は用意できるからな。それよりも、なにかアスラナに謝罪以外で伝えたい言葉はあるか？」

謝罪の言葉は先ほど受け取った。

しかし、今際《いまわ》の際で魂の残《のこ》り香《が》だけで話している今は苦しさだけはないため、心を落ち着かせて言葉を紡げる。

『……お前たちなら、必ず邪神《じゃしん》を倒せるはずだ。さすがは我《わ》が姉だ、アスラナはいい者たちと手を組んだな』

ふっと表情を和《やわ》らげた阿修羅は、敵対していた相手にまで気を使ってくれるほどの実力者であるアタルたちに感謝の気持ちを抱《いだ》いている。

『そうだな……伝えてくれ。私がしたことは許されることではないし、許されようとも思っていない。だが、あなたの弟でよかったと思っている、と』

操《あやつ》られていたからといって、自分を正当化するつもりはない。

ただ、アスラナにずっと抱いていた想《おも》いだけは伝えたい、というのが阿修羅の今の素直《すなお》な気持ちだった。

「わかった、必ず会ったときに直接伝えると約束しよう。他にもなにかあれば……」

阿修羅の魂はもう消えかけている最中であり、身体もボロボロと崩《くず》れて始めている。

だが、最後まで心残りがないように、アタルは全ての言葉を聞き出そうとする。

『もう大丈夫だ——本当にありがとう、そして、すまなかった……』

穏《おだ》やかな表情の阿修羅の魂は淡《あわ》い光を弾《はじ》けさせ、この言葉を最期《さいご》にこの世から消え去っていった。

第六話　埋葬《まいそう》

「――なかなか強かったぞ」

阿修羅がいた場所をじっと見ていたアタルは、成長した自分たちの力がかなり引き出されたため、素直にそう感じていた。

阿修羅がいた場所には阿修羅が最後に身に着けていた装備が転がっている。

「阿修羅さん……あの、アタル様っ！」

「なんだ？」

少し考えこみ、なにかを思いついたキャロは、心を決めたようにアタルに声をかける。

「……お墓を、作ってあげてはダメでしょうかっ？」

邪神に支配されていただけで、本来は良い神だった。しかも、自分たちに力を貸してくれたアスラナの弟ともなれば、無関係ではない。

そう考えたキャロは、どうしてもなにかをしてあげたいと思っていた。

「いいね、私も手伝うよ！　ねえ、アタル、いいでしょ？」

リリアもその提案に賛同して、アタルにねだってくる。

「俺《おれ》は別に構わないが……どうだ？　ここにあいつの墓を作っても大丈夫か？」

このあたりを守っているのは聖神であるため、アタルが確認《かくにん》をとる。

その隣《となり》で、キャロとリリアがお願いしますと必死な目で訴《うった》えていた。

「うむ、構わんぞ。本来、あやつはこの地獄《じごく》の門の中におった神じゃからな」

聖神も阿修羅のことを気にかけていたため、墓を作ってくれるという提案はありがたい様子だ。

「それじゃあ、鎧系の装備は埋めて、一番デカい斧を墓標にするか」

アタルは早速《さっそく》墓の構成を考えていく。

「わかりました！」

「りょうっかい」

キャロとリリアは、アタルの言葉を受けて、すぐに防具と武器を分けていく。

「デカいのを中心にすえて、残りはそれを囲むようにするか」

分けてもらった武器を見て、アタルは構成を考え直す。

阿修羅の特徴といえばアスラナのように六本の手に持たれた六つの武器である。

それを全て墓標にしたほうが、本人も喜ぶのではないかと考えていた。

「とりあえず、まずは埋めるための穴掘《あなほ》りだ」

アタルは位置を既に決めており、冒険《ぼうけん》の初期に買ってマジックバッグに放置していたスコップを取り出し、適当に地面を掘《ほ》っていく。

「アタル様っ、そのようなことは私がやりますっ！」

「やりたいって言ったのは私たちなんだから、アタルは待っててよ。ほら、サエモンもこっちきて！」

キャロとリリアは自分たちが言い出したことなのに、アタルの手を汚《よご》させるわけにはいかないと、スコップを奪《うば》うと自分たちで穴を掘り始める。

「わ、私もか……？」

まさか自分もやるとは思っていなかったサエモンは急に振られたことで戸惑ってしまう。

「あったり前でしょ！　ほら、バルキアスとイフリアだってもうやってるんだよ！」

見てみると、リリアが言うように二人も穴掘りに参加していた。

彼《かれ》らは器用に魔力《まりょく》で汚れないようにしながら地面を掘っている。

「……わかった、やるとしよう」

一瞬戸惑《いっしゅんとまど》ったものの、これは仲間として認められたからこそだなと思うと、サエモンは嬉《うれ》しくもあった。

「まあ、任せるとするか」

アタルはそんな彼らのことを聖神の隣で見守ることにする。

「なかなかいい仲間じゃな。お主のことを尊重していて、いざという時にはお主の意見を聞きにくる。かといって、自分たちの意見を押《お》し殺すわけではなく、しっかりと伝えることができる……まるでコウスケたちのようじゃ」

聖神は過去の仲間たちを思い出して、今のアタルたちに重ねていた。

「へえ、そう見えるんだったら悪くないか……」

コウスケたちに似てる、というのはアタルにとって何よりの誉《ほ》め言葉であり、自然と笑《え》顔《がお》になっている。


それからしばらくすると、穴は深く広く掘られて十分なスペースが確保できる。

「おー、いい感じじゃないか。ここに防具を入れていくぞ」

「はいっ！」

「うんっ！」

女性陣《じょせいじん》は元気に返事をして、それぞれが脛《すね》あてを持っていく。

地獄の門の試練を抜《ぬ》けたと思ったら、鬼神と戦い、阿修羅《あしゅら》との戦闘《せんとう》を経《へ》て、今は墓づくりを、と連続して身体を動かしている。

にもかかわらず、二人は元気に動いていた。

「元将軍ともあろう者がその程度で疲《つか》れたのか？」

聖神は疲労《ひろう》で座《すわ》り込んでいるサエモンに呆《あき》れて笑っている。

「やっとの思いで半年の訓練を終えたと思ったら、あれだけの戦いがあって、さらに穴を掘って疲れていない彼女《かのじょ》たちがおかしいのだ」

元気に作業を続けている面々を見て、サエモンは苦い表情になっていた。

『穴を掘るのにもコツがあるからねえ。サエモンさんはうまく力を使ってなかったから疲れたんだと思うよ？』

アタルたちの作業を眺《なが》めているバルキアスはからかうように笑って言う。

バルキアスだけでなく、みんなが魔力を使って穴掘りの効率をあげていた。

「う、むむ……」

確かに作業の段階で、サエモンだけ効率が悪かったのを自身も感じていたため、唸《うな》ってしまう。

「それくらいは休んでいればすぐに回復するだろうから別にいいさ。さて、次は土をかぶせるぞ」

ここからはアタルも参加して、盛り土をしていく。

それがある程度の山になったところで、次の作業に移る。

「さて、ど真ん中に墓標となるこれを」

アタルは巨大《きょだい》な斧を片手で持ち上げて、中央に思い切り突き刺《さ》す。

「では、こちらを隣に」

キャロが隣に剣を突き刺す。

「私はこっちに」

反対側にリリアが槍を突き刺す。

「それではこちらに」

サエモンもアメノマの力がこもった大太刀を刺した。

邪神の呪いはアタルの解呪の弾丸によって解放されているため、阿修羅の守りになってくれればと祈《いの》りを込める。

バルキアスも口でくわえながら弓を置く。

イフリアもバルキアスに続く。

そして、聖神も同じように槍を突き刺した。

「それじゃ仕上げだ」

アタルは完成した墓に向かっていくつかの魔法弾《まほうだん》を撃ちこんでいく。

まずは水の魔法弾で土と土のすきまを埋める。

上から土の魔法弾を撃ちこんで、岩を作り出していく。

それを氷の魔法弾で何者も拒《こば》むように固める。

「これで完成だな」

アタルは満足して墓から距離をとる。

「氷も必要なのか？」

これは質問したサエモンだけでなく、キャロたちも疑問に思っていることだった。

「まあ、強固なほうがいいだろ…………あぁ、溶《と》けないか心配しているのか。それだったら問題ない」

アタルは氷の近くに火の弾丸を撃ちこんで、火種を作る。

「……溶けない、ですねっ」

少し近づいて確認してみたキャロは驚《おどろ》きながら口にする。

火種から確かに熱を感じるが、氷は全く溶ける様子がない。

「試練を超えたおかげもあって、魔法弾の特性を色々といじれるようになったんだよ。氷は氷だが、溶けることのない万年氷ってところだな」

これも修行《しゆぎよう》の末にあみだした新しい力であった。

「とにかく、これならかなり強固な墓になっているから、ずっとこの状態をキープできるはずだ。少なくとも俺が死ぬまではな」

恐《おそ》らくは神の力を超える強力な攻撃でもない限りはずっとこの状態を保持し続けるはずである。

「――阿修羅、安らかに眠ってくれ」

アタルが声をかけて頭を一度下げると、みんなも続けて頭を下げ、そこからはそれぞれのスタイルで墓参りをしていく。

こうして、強き戦いの神阿修羅の弔《とむら》いが終了《しゆうりよう》した。

「さて、墓参りも終わったところで、俺たちは街に戻るとするか」

アタルが墓に背を向けてみんなに声をかける。

しめやかな雰囲気《ふんいき》ではあったが、その表情はそれぞれ明るいものだった。

「待て、ワシの失敗で鬼神《きじん》を呼び出し、その尻拭《しりぬぐ》いをお主らにしてもらった。その礼をせねばならん」

アタルたちを引き留めた聖神は硬《かた》い表情だ。

聖神はあくまでこの地獄の門の番人であり、出て来た彼らに試練を与えようとはしたが、それ以上の考えはなかった。

しかし、アタルたちに特別な力と運命を感じた聖神はなにか力になりたいと考えを改めている。

「礼って言われても、なにがあるんだ？」

アタルたちにとって欲《ほ》しいものといえば、戦うための力になるものくらいだった。

「お主も見抜いていたようにワシは戦いに向いていない神じゃが、防御《ぼうぎょ》は得意でな……」

そう言うと、聖神はニヤリと笑う。

「ちょうど横一列に並んでおるな。そのまま動かずにおれ」

聖神はその場に浮《う》き上がり、両手を大きくかざすと手から青く輝《かがや》く光を生み出していく。

「――我は守りの神である。その力で汝《なんじ》らを未来永劫《みらいえいごう》、守ることを誓《ちか》う」

その言葉とともに青い光がアタルたちの身体を包みこむ。

「おぉ、なんか暖かいな」

アタルは光からぬくもりを感じる。

「で、でも、なにか変わったような気はしませんねっ？」

キャロの疑問を他の面々も感じており、手を動かしたり、足を動かしたり、武器を振ったりしてみるが、なにかが変わったような気がしない。

「これは……イフリア、ちょっと俺に撃たれろ」

『む？』

いきなり銃《じゅう》を向けられたイフリアが反応を返す前にアタルは引き金を引いた。

「いくぞ」

『な、なにをする！』

まずは通常弾《つうじょうだん》を五発ほど、続けて貫通弾《かんつうだん》を五発、更《さら》に水の魔法弾を五発撃ちこんだ。

『っ……いくら契約者《けいやくしゃ》とはいえ理不尽《りふじん》ではないのか！』

容赦のない立て続けの攻撃を受け、視界がくらんで驚いたイフリアは抗議《こうぎ》の声をあげる。

「どうだ？」

しかし、淡々《たんたん》としたアタルから謝罪はなく、質問が飛んできた。

『あれだけ撃たれたのだから痛いに決まって……いや、痛くない、な……？』

イフリアは撃たれたことで思わず大きな声を出してしまったが、ダメージが全くないどころか、痛くもかゆくもないことに驚いている。

「やっぱりな。じいさんは俺たちに強力な防御の力を授《さず》けてくれたんだよ。しかも俺らみたいな存在の攻撃すら防げるほどのを、な」

これまでひたすら強くなることや攻撃に特化してきた考えだったため、アタルたちに最も足りない部分ともいえる防御力《ぼうぎょりょく》が課題のひとつだった。

いくら強力な素材で作る装備があっても、形あるものであるために壊れる可能性がどうしてもつきまとう。

そんな彼らにとって、この力があるのとないのとでは全く違《ちが》う。

アタルの弾丸を受けても全くのノーダメージであるならば、一般的《いっぱんてき》な魔物《まもの》からの攻撃は全く受けつけないということである。

「そ、それはすごいですっ！　……あの、リリアさん、軽く攻撃してもらってもいいですかっ？」

「オッケー、いくね！」

好奇心《こうきしん》に駆られたキャロとリリアのやり取りを聞いた二人を除く全員が驚いて彼女たちを見てしまう。

素早《すばや》さに長《た》けて避《よ》けることをメインにして戦うキャロに対して、筋力特化のリリアが試《ため》しに攻撃を当てるという。

果たして、加減ができるのだろうか？　全力で攻撃してしまうのではないか？　という不安がみんなの脳裏《のうり》をよぎっていた。

「……おい」

さすがのアタルも思わず動揺して止めようとしてしまう。

「そーれっ！」

だがそれよりも早く、元気よく振りかぶったリリアをだれも止められなかった。

「——あ、本当に痛くないですっ！」

「うはあ……！　こっちの手のほうが痛くなっちゃったよ」

身構えていたキャロはダメージがないことに笑顔になり、反対にリリアは苦笑《くしょう》しながら殴《なぐ》った右手を振っていた。

「あ、あぁ、手で殴っただけか……よかった」

ぐったりと全身から力の抜けたサエモンが安堵《あんど》してそんな言葉を漏《も》らしてしまう。

「あー！　……ってことは、私が槍でキャロを攻撃《こうげき》するって思ったたってことでしょ？　ひっどくない？　私だって常識があるんだから、さすがに守られているってわかっててもお試しでそんなことしないよ！」

疑われたような気分になって不機嫌《ふきげん》なリリアは頬を膨らませてサエモンに不満を言う。

「ねえ、アタルはそんなこと思わなかったでしょ？」

アタルなら信じてくれていただろうと思っていたリリアがそう言って振り返るが、一瞬《いっしゅん》迷って止めに入っていたアタルは思わず視線を逸《そ》らす。

「──えっ？　も、もしかして、みんな私のことをそんな風だと思ってたの⁉」

誰《だれ》もが心配していたというまさかの事態にリリアはガーンとショックを受けて、よろよろと後ろに数歩下がってしまう。

「大丈夫《だいじょうぶ》ですっ！　私は最初から信じていましたよっ！」

よろめいた彼女を支えるようにぎゅっと手を握《にぎ》りながらキャロだけはリリアを信じていたと告げる。

そうでもなければリリアに攻撃をお願いするようなことはなかった。

「うう～っ！　もう、キャロだけだよお！」

涙交じりにリリアはそう言いながらぎゅっとキャロに抱き着く。

そんな二人を見て、アタルたちはホッとして微笑《ほほえ》んでいる。

和《なご》やかなやりとりが行われて、みんな笑顔になってあとは旅立つだけ──そう誰もが思った瞬間《しゅんかん》、嫌な気配が突然《とつぜん》現れた。

「──これはどういうことだ？」

ここにいるアタルたち以外の声が聞こえてきた。

「誰だ！」

全員が武器を構えて、声がしてきた方向に視線を向ける。

そこには地獄の門があり、見覚えのない誰かがいた。

「こんな場所に地獄の門があったとはな。これは閻魔《えんま》のやつの遺産といったところか」

その人物は長身で肌《はだ》の色は白を通り越《こ》して青白く、髪《かみ》の色は紫《むらさき》で、長髪《ちょうはつ》の男のようだ。白を基調にしつつ裏地や刺繍《ししゅう》は紫色《むらさきいろ》のローブをまとっており、一見すればアタルと同じ人族である。

こんな場所に突如《とつじょ》としているのは明らかにおかしなことではあるが、それ以外は一般的な人に見える。

しかし、嫌な気配を感じた全員が危険を察知して警戒《けいかい》をしていた。

「誰だと聞いているのが聞こえないのか？」

アタルは挑発《ちょうはつ》を込《こ》めた言葉で再度、何者なのかと問いかける。

「我に問いかけているのか？　……ふむ、それに答えるのは別に構わんが、少し待て」

男はアタルたちを認識《にんしき》したものの、全く意にも介《かい》さず、別の用事を先に済ませようと地獄の門へと手を伸《の》ばし、閉じているそれに触《ふ》れる。

「このようなものがあると、余計な力を得る者が現れてしまう。それに、あの閻魔のものが残っているというのは許しがたい……消すか」

無表情のまま不穏当《ふおんとう》な言葉を口にしている男は、手を当てた門に力を流し込んでいく。

すると、ゴゴゴゴと音をたてながら門が鳴動する。

「おい、やめろ」

アタルはそう口にしたと同時に弾丸《だんがん》を男に向かって放っている。

「ふむ？　似たようなものを見たことがあるが、あれはいつのことだったか」

攻撃されたこと自体は特に気にする様子もなく、男は弾丸を空いている手で受け止めてじっと見て確認する。

そして、門の破壊《はかい》を中断してアタルへと視線を向けた。

「貴様、何者だ？」

どうやらアタルに興味を持ったらしく、先ほどアタルがした質問をそのまま返してくる。

「それは俺が先にした質問だ。お前はいったい何者か答えてもらおうか」

あくまで先に質問をしたのは自分であるため、アタルは答えずに再度問いかける。

「なるほど、確かにそれならば自分から名乗るのが筋というものか……私は魔獣《まじゅう》の神ケルノスだ。名乗ったのだからそちらも何者か答えてもらってもよいな？」

無表情のままだが、ケルノスは素直に自らの名を口にして、アタルへと質問する。

「ケルノスか。俺の名前はアタル、冒険者《ぼうけんしゃ》だ。それと少し神と関係する立場にいる者だ」

何者かという質問は名前を聞いているだけではないとわかっているアタルは、あえて少しだけ神との関係性を交えていく。

「ほう、神の……確かに、貴様だけでなく他の者たちも神の力を内包しているな。そして、そっちにいるのは聖神[redacted]か」

　魔獣の神と名乗るだけあり、アタルたちから神の力を感じ取っており、その隣にいる聖神の存在にも気づいていた。

「あぁ、そうじゃ。ここはワシが守っている地——そこに土足で足を踏《ふ》み入れて、なおかつ守護対象の地獄の門を壊《こわ》すというのはやめてもらおうかの」

　単独で地獄の門を壊せるような神は、かなり強い神格を持っている。

　しかし、それでもここを守るという矜持《きょうじ》から、聖神は想いを口にした。

「なるほど、これを守っているのか……ならば、貴様に死んでもらったほうが手っ取り早いな」

　地獄の門を壊すという彼の目的は変わらないのか、標的を変えたケルノスは一瞬で聖神の前に移動して、いつの間にか手にしていた剣《けん》を振《ふ》り下ろそうとする。

『させないよ！』

　それを阻止《そし》したのはバルキアスだった。

　唸りながら一瞬で白虎《びゃっこ》の力で身体を覆《おお》い、その爪《つめ》で剣を弾く。

「ほう、獣《けもの》ふぜい……いや、神獣《しんじゅう》か。なかなか力のある獣のようだが、所詮《しょせん》、獣は獣。そんな貴様らが魔獣の神にたてつくというのは、少々、躾《しつけ》がなっていないのではないか？」

冷たい雰囲気と表情からケルノスは平静を装っているが、内心でははらわたが煮《に》えくり返るほどの怒《いか》りをたたえていた。

「なるほど、つまりこいつはバルキアスやイフリアみたいなタイプからすると、天敵ともいえるような存在というわけだ」

アタルはケルノスが魔獣の神と名乗っていることから、恐らくは二人のような動物系に対しては絶対的な力を発するのだろうことが予想できる。

「あぁ、そうだ。その犬やトカゲ程度なら、我に攻撃をあてることもかなわないだろう」

アタルの言葉に頷《うなず》いたケルノスは、二人に対して絶対的な自信を見せた。

「そうかそうか……バル」

『はい！』

「イフリア」

『なんだ？』

アタルが呼ぶと二人とも、素直に近づいてくる。

「あいつらはお前らのことを完全に舐《な》め切っている。そして、相性《あいしょう》としては恐らくお前たちにとって最悪の相手だ」

この話を聞いた二人の顔は苦いものになっていた。

つまるところ、相手は自分たちより格上だと言われているためである。

「ちょうどいい相手だ、お前たち二人であいつを倒《たお》してみろ」

挑発するように、ニヤリと笑うアタルを見て二人は奮い立った。

『おー、いいね！』

『ふむ、面白《おもしろ》そうだ』

それに対してバルキアスは笑顔で尻尾《しっぽ》を揺らしており、イフリアもアタルと同じような笑《え》みを浮かべていた。

「貴様、その二匹《ひき》だけで我を倒せと言ったのか？」

自分の聞き間違《まちが》いなのかと、いらだちをにじませながらケルノスが確認してくる。

「あぁ、そのとおりだ」

「ふっ、見る目がなければ耳も悪いようだな。こやつらでは魔獣の神である我に攻撃を当てることも触れることすらできないと言ったはずなんだがな」

アタルが理解できていないだけなのだろうと、馬鹿《ばか》にするような態度をケルノスがとる。

人であるアタルには、神である自らの考えなど理解に及《およ》ばないだろうと呆れてすらいる。

「あいにくだが、眼には自信があるんでな」

トントンと指先で目を指さしながらアタルはこれ見よがしに魔眼《まがん》へと力をこめてみせた。

「魔眼持ちか、人間ごときが生意気だ。だがいいだろう、我の力を知ればそのような戯言《たわごと》言う気も起きないということを示すために、その二匹を相手にしてやる」

ケルノスは苛立《いらだ》ちながらも、それを表に出さないようにしながら、バルキアスとイフリアと戦うことを承諾《しょうだく》する。

「ね、ねえ、大丈夫なの……？」

「そ、そうだぞ、なぜ相性の悪い相手と戦わせるんだ？」

リリアとサエモンは心配そうにしている。

なぜこのような不利な戦いを自分から提案したのか、その理由がわからず二人はアタルに問いかける。

「まあ、大丈夫だろ。な、キャロ」

「ですっ！」

二人と契約《けいやく》しているアタルとキャロは完全に勝利を確信しているようで、焦《あせ》りも動揺《どうよう》も不安もなく、ドンと構えていた。

『では行ってくるとしよう』

『いっくぞー』

二人は信じてもらえているということに気を良くして、ケルノスへと向かって行く。

「ふん、なにを考えているのかわからんが、貴様らなど一瞬で倒してくれよう」

ケルノスが手を掲《かか》げると、怪《あや》しい緑の魔力がそのままバルキアスとイフリアを包み込む。

『なんだろこれ』

『うーむわからん。攻撃魔法《こうげきまほう》ではなさそうだ』

かといって毒というわけでもないため、二人はとりあえず様子を見ることにする。

「はっはっは、なにもせず受けるとはな。それは〝魔獣の誘《さそ》い〟。つまり、貴様らはこの力によって我が配下となるのだ！」

魔力によって魔獣を操るというのが、魔獣の神ケルノスの最も特徴的《とくちょうてき》な能力である。

それをなんの抵抗《ていこう》もすることなくまともに受けては、神獣のバルキアスと霊獣《れいじゅう》であるイフリアもすぐに操られることになるはず、というのがケルノスの作戦だった。

『えっと、これはいつまで待てばいいのかな』

『うむ、なにも起こらないではないか』

バルキアスとイフリアは動かずにいたが、さっぱりなにも起きないので平気そうな顔で首を傾《かし》げている。

「な、なぜ我が力が効かないのだ……！」

このようなことは初めてであるため、ケルノスは動揺してしまう。

過去の記憶《きおく》をさかのぼってみるが、強力な竜《りゅう》や神であっても獣タイプであれば、この力によって操ることができたはずである。

しかし、この二人には全くといっていいほど効果がない。

「まあ、俺たちと契約しているわけだしな」

「ですです、私たちの絆《きずな》は強いですっ」

精神支配系の攻撃が来てもアタルやキャロと契約している二人にとっては、魂を直接乗っ取りにでも来ない限り何の効果もない。

こうなることをアタルとキャロは予想していたらしく、笑顔で見守っている。

「なぜこんなことになっているのかわからんが……だが、我の力はこれだけではない」

この程度はあくまで小さな問題だという彼の力の真価はまだ他にあるようだ。

「いでよ、我が配下たちよ」

ふわりと浮いた彼の周囲に闇《やみ》の沼《ぬま》が次々と生まれていく。

そして、そこから彼の眷属《けんぞく》たちが現れた。

黒く染まったスケルトン、狼《おおかみ》、オーガ、妖精《ようせい》族、獣人族、人族、リザードマン、ゴブリンがスタンピードでも起きたのかといわんばかりに群れを成している。

数多くの闇の魔物たちが整列してケルノスの命令を待っていた。

「へえ、かなりの数の魔物だな。しかも、ケルノスの闇の魔力に染まっていて通常のやつよりもかなり強化されている感じか」

アタルは魔眼で魔物たちの力量を測ってみるが、どの魔物も一筋縄《ひとすじなわ》ではいかない強力な力を秘《ひ》めているのが見えていた。

「な、なあ、本当に二人に任せるのか？　俺たちも参加したほうがいいのでは……」

これだけの数を相手にするのであれば、こちらも人数をかけて戦うべきではないのか？　とサエモンが尋《たず》ねる。

「それだとあいつらの出番が少ないだろ？」

「はあ？　なにを言ってるんだ？」

そんなことのために二人だけでやらせるのか？　とサエモンはアタルを睨《にら》みつけた。

「ははっ、お前が仲間のために怒《おこ》るのはいいことだが……その上で半分は本気だ」

笑いながらのアタルの言葉に、サエモンは更に混乱してしまう。

「サ、サエモンさん、違うんですっ。アタル様がおっしゃっているのは、地獄の門での成果を試す機会がバル君とイフリアさんにはないということなんですっ」

アタルの言葉足らずの部分をキャロが補足していく。

「た、確かにそれはそうだが、なにも二人だけでやらせることはないだろう」

だからといって、危険な戦いに赴《おもむ》かせるところまでは納得《なっとく》できなかった。

「あいつらなら大丈夫だ、強い。それは同じ地獄の門の中に入ったお前たちならわかることだろ？」

アタルに言われて、サエモンとリリアは自分たちの試練を思い出す。

その名のとおりまるで地獄だったかのような、危険で苦しい半年。

あの試練を超《こ》えたからこそ、自分自身が強くなったと実感できる半年間でもあった。

「お前たちだけが大変だったと思うか？　俺もキャロも、あいつらもみんな同レベルのそれを乗り越えてきたんだ」

そう言われて、二人はケルノスたちに立ち向かっているバルキアスとイフリアを見る。

その背中からはなんの恐れも恐怖《きょうふ》も不安も感じられない。

あるとしたら、必ず倒すという決意、そして必ず倒せるという自信だけだった。

「とりあえずは見ていろ。やばくなったら介入《かいにゅう》していけばいい。多分その必要はないと思うけどな。バル、イフリア！」

ここでアタルが二人に声をかける。

視線はケルノスたちに向いたまま、耳だけはアタルに傾《かたむ》けている。

「さっさと終わらせて来い」

自分たちに全幅《ぜんぷく》の信頼《しんらい》を寄せてくれているとわかる言葉に二人の心は打ち震《ふる》えていた。

『いくぞ』

『まっかせてー！』

この言葉と同時に、イフリアは巨大化《きょだいか》し、バルキアスは大人サイズよりも少し大きいサイズへと変化していく。

イフリアは強力な攻撃をするならやはりこのサイズが適していると理解している。

また、バルキアスは攻撃力《こうげきりょく》と速度を両立させるにはこれくらいがちょうどいいと学んできた。

『いっくぞー！』

バルキアスは身体全体に白虎の力を纏《まと》っている。それを神獣フェンリルの力と融合《ゆうごう》させることで、防御力と攻撃力と敏捷性《びんしょうせい》をあげている。

走る速度はまるで駆《か》け抜ける一陣《いちじん》の風のようであり、魔物たちは反応する暇《ひま》もなく、あっさりと爪の餌食《えじき》になっている。

今までであれば、走る速度を維持《いじ》しながらの攻撃は難しかった。

『きんもちぃー！』

自らの身体で走り、白虎と神獣の力で作り出したオーラで魔物を攻撃していく。

これによって、足を止めたり速度を落としたりすることなく、魔物たちを一瞬で倒すことができている。

『バルキアス、やるではないか。それなら我も少しはいいところを見せねばな』

仲間が頑張《がんば》っている姿に触発《しょくはつ》されたイフリアは自分も攻撃に移る。

いつもであれば、強力なブレスを吐《は》いて魔物たちを一掃《いっそう》することが多い。

『魔力弾《まりょくだん》』

だが今のイフリアは一味違った。

魔力を練り上げたイフリアの周囲にいくつもの炎《ほのお》の球が生み出されていく。

「すごいっ、たくさんの炎の球が浮かんでいますっ！」

その数は百を超えている。

「いや、球じゃないな――あれは弾丸だ」

アタルは魔眼とスコープでそれを確認している。

イフリアは試練の戦いの中で、ありとあらゆる炎の球を作り出してみたが、なぜかしっくりこなかった。

それは、彼がイメージしているのがアタルの戦い方だったためである。

『その通りだ。これが我《わ》が炎の魔力弾《まりょくだん》。威力《いりょく》は身をもって知れ！』

たくさんの魔力弾を作り出したイフリアが手を前にかざすと、それらは雨あられのごとく魔物に向かって降り注いでいく。

「くっ、数だけは見事だが、その程度の魔法など！」

ケルノスが見る限り一発一発は威力の高いファイアボール程度。

人の身でも普通《ふつう》に使える魔法と同レベルであれば、闇の魔物たちにダメージを与《あた》えられるはずがないと思っていた。

『ふっ、これがただの魔法に見えるのであれば程度が知れるというものだな』

甘《あま》い見通しにイフリアは思わずケルノスの反応を鼻で笑う。

魔物たちに命中した魔力弾は確かに多少のダメージを与えてはいるが、その影響《えいきょう》はほとんどない――――ように見えた。

『発動』

これまたアタルの真似《まね》をして魔力弾の効果を発動させる。

イフリアがそうつぶやいた瞬間、あたりに阿鼻叫喚《あびきょうかん》の渦《うず》が巻き起こった。

「ギアアアア！」

「ガアアアアアアア！」

「あ、熱いぃっ！」

どれだけ暴れようと消えない炎に襲《おそ》われた魔物たちが呻《うめ》くことしかできずにいた。

その身体は青い炎に包まれている。

『ふははははっ！　全《すべ》ての魔力弾に朱雀《すざく》の力をこめているのだ！』

仲間には再生の力を、敵対するものには魂《たましい》すら燃やす力を発揮する。

そして、魔物たちはあっという間に炎に呑《の》み込まれ、次第《しだい》に動かなくなっていく。

『ふむ、美しい炎だな』

抵抗できずに魔物たちが燃えている光景をイフリアは満足そうに見ていた。

「見事なものだな。俺《おれ》の炎の魔法弾と爆発《ばくはつ》の魔法弾、それに朱雀の力を乗せているのか」

アタルの力をまねたうえで、自分なりの改善を加えているイフリアを見て、アタルは満足そうな笑顔になっている。

『おー、すごいね！』

バルキアスはかなりの数の魔物を倒し終えて、イフリアのもとにやってきていた。

『いやいや、そっちもなかなかだったぞ』

そして、バルキアスが残した成果を確認《かくにん》したイフリアも彼のことを褒《ほ》める。

「この、獣どもがあああ！　こうなったら……我が呼びかけに応《こた》えよ、五大ドラゴン！」

ケルノスは自身の配下の魔物の中でも特に強力な五つの属性を持つドラゴンを召喚《しょうかん》する。

五大ドラゴンとは、フレイムドラゴン、ウォータードラゴン、アースドラゴン、ウインドドラゴン、アイスドラゴンのことだ。

召喚されたドラゴンたちはどこからともなく大きく羽ばたきながらその姿を現す。

けたたましい咆哮《ほうこう》を上げながら現れた彼《かれ》らは、この場の空気を重くしていた。

『おぉ、戦いがいのある強そうなものたちが現れたな』

それを見上げながら感心したように呟《つぶや》くイフリアの表情からは、余裕《よゆう》が見て取れる。

『——我が門の中で戦っていた相手が誰だかわかるか？』

この問いかけはケルノスに向けたものである。

「ふん、そんなものには興味はない！」

もちろんケルノスはイフリアの質問に答えることなく鼻で笑い、一蹴《いっしゅう》した。

『まあ、そうであろうな。だが我の答えを聞くがいい……我の修行《しゅぎょう》の相手は、覇王竜《はおうりゅう》だ』

「っ——な、なんだと⁉」

それを聞いたケルノスは目を見開いて驚く。

『そういうわけだ、覇王竜との戦いで得たこれを見せてやろう』

イフリアは話しながら身体に魔力《まりょく》を溜《た》めていた。

地獄《じごく》の門自体が放っている魔力、そして周囲の吹雪《ふぶき》と雷《かみなり》のエリアが持つ魔力によって、多量の魔力がこの空間には充満《じゅうまん》している。

それでなくとも、地獄の門の中は魔力空間であるため、そんな場所で修行していたイフリアはその身に蓄《たくわ》えられる魔力量が増えていた。

『焔《ほのお》の槍《やり》』

これもイフリアが新しく生み出した技である。

蒼《あお》き炎によって造りだされた巨大な槍がいくつも彼の周囲に浮かんでいた。

『一つ』

そのうちの一本を手にすると、イフリアは全力で投擲《とうてき》する。

それは勢いよく飛んでいき、召喚されたばかりでまだ空に羽ばたいているフレイムドラゴンに鋭《するど》く突《つ》き刺さって、蒼き炎が一瞬でその身を焼き尽《つ》くす。

『二つ』

続けて二本目はウォータードラゴンに。

『三つ、四つ、五つ！』

続けて、アース、ウインド、アイスドラゴンに投げつけて、あっという間に倒していく。

先ほどまで重たかった空気も彼らが倒されたことで元通りになっていた。

それなりの力を持つ五大ドラゴンをイフリアは瞬殺《しゅんさつ》してしまった。

「な、なぜこのような……」

目の前の現実が信じられずに呆然《ぼうぜん》とするケルノスは、事態を理解できずに固まっていた。

召喚したドラゴンたちは自分が召喚できる魔物の中でも強く、そこらの国が討伐隊《とうばつたい》を組んでも倒せないほどのかなりの力量を持っているはずだった。

このように一撃《いちげき》で倒されるはずがない。

『ふむ、なぜ、と疑問に思うということは我の力を理解できていないということか』

イフリアはケルノスが見る力を持っていないのだな、とあきれてしまう。

『さっきのすんごい強かったもんねえ、あれならあいつらが負けるのは当然だよ』

バルキアスはイフリアが使った焔の槍の威力と、召喚されたドラゴンたちの力を比較《ひかく》して、当たり前の結果だと納得している。

「手下に戦わせることばかりに慣れて、自身の力が弱くなっているんじゃないか？」

ふっと笑ったアタルはそんなことを言ってケルノスを煽《あお》る。

「――我が弱い、だと？　本気を出せば魔獣の神たる我が貴様らなどに負けるはずがない！」

実際には、相手の力を測ることができなくても強い者はいる。

しかし、あえて自分たちがわかっていることをわからないケルノス、という構図を作り出すことで手持ちを失っているケルノスの冷静さをさらに失わせていた。

「なら、その力を見せてみろよ」

さらにアタルは笑うようにしてケルノスに声をかける。

「このおおおお、我が名は魔獣の神ケルノス。我が呼びかけに応え、姿を現せ！」

黒いどろりとした沼が現れたと思うと、そこから黒い炎の精霊《せいれい》が姿を現す。

禍々《まがまが》しく黒く燃える炎は、イフリアの蒼い炎に拮抗《きっこう》する力を持っているようだ。

「わが身に宿りて力となれ！」

そして、黒い炎の精霊はそのままケルノスの身体に吸収されていき、彼の力を上昇《じょうしょう》させていく。

鎧《よろい》のように黒い炎の精霊がケルノスの身体を覆っていた。

「おぉ、魔獣以外に精霊も召喚できるのか。なかなかやるじゃないか」

これにはアタルも感心している。

動物系、魔物系以外も召喚できるのであれば戦術の幅《はば》が広いということだった。

(だけど、きっとこの状態だと他のものは召喚できないんだろうな)

アタルの予想は的中しており、黒い炎の精霊を自分の身に宿らせることで、身体能力と魔力を強化することができるが、そのかわりに手下を呼び出すことはできなくなっている。

『なかなか面白いことをするようだが、その程度では勝てんぞ。魔力弾！』

イフリアはこれまでの魔物たちを倒した時と同じように、無数の魔力弾を作り出して、ケルノスへと飛ばしていく。

「その選択《せんたく》はあり――だが」

アタルはイフリアの選択を肯定《こうてい》する。

まだケルノスの融合は途中《とちゅう》である隙《すき》をついて攻撃《こうげき》を当てれば、大きなダメージを与えられるかもしれない。

だがたくさんの魔力弾を当ててみてもケルノスは何の動きもない。

「……効いていないようだな」

ジッと戦闘《せんとう》を見守っているサエモンが冷静にそう口にし、アタルは黙《だま》って頷く。

魔獣の神は弾丸を身に受けてもダメージはなく、攻撃が通用していない。

『焔の槍』

魔力弾が効《き》かないのであればとイフリアは先ほどドラゴンたちを倒した攻撃を繰《く》り出す。

『白狼の爪』

援護《えんご》するように飛び出したバルキアスは白虎とフェンリルのそれぞれが持つ強力な攻撃を魔獣の神へと放っていく。

『その程度、効かん！』

黒い炎と闇のオーラが混ざり合った鎧によって、二人の攻撃は防がれてしまう。

「とはいえ、その鎧に傷はついているみたいだな」

これは分析《ぶんせき》しているアタルの声であるが、声はケルノスには届いていない。

バルキアスとイフリアは一度攻撃を防がれたものの、鎧に攻撃が通用しているとわかると、連続して攻撃を加え続けていく。

『くっ、ええい、鬱陶《うっとう》しい！』

ケルノスもそれを防ごうと、手に持つ闇の剣で防ごうとする。

それでも二人の攻撃は止《や》まない。

攻撃を防がれたにもかかわらず、どんどん攻撃を繰り出してくる様子に、ケルノスは徐々《じょじょ》に焦りを覚えだす。

二人からダメージは受けてはいない。

だが、自分の攻撃がバルキアスとイフリアに当たっていないことに気づき始めていた。

（なぜだ、やつらの攻撃は当たっているというのに、我の攻撃はなぜ全て避けられるのか……！）

理解できないことが立て続けに起こっているため、ケルノスは混乱のさなかにある。

（邪神《じゃしん》側の神たちはまだ目覚めたばかりのやつらばかり。どうせ、本来の力を取り戻《もど》しきっていないんだろう）

戦いを見守っているアタルはケルノスの言動からそう推測していた。

この場に突如現れた魔獣の神であるケルノス。神を冠《かん》する存在であるならば、弱いはずがない。

だが、今の自身の力がどれだけ落ちているのかを把握《はあく》していないため、このような状《じょう》況《きょう》に陥《おちい》ってしまっている。

一方のバルキアスとイフリアは自分よりも格上の相手との戦いを繰り広げていたからこそ、相手の動きをしっかりと確認して、予測して動くというのを当然のものとしているおかげで攻撃が届いている。

（自分では直接戦うのが久しぶりなのは本当みたいだな。もしくは魔物たちに戦わせるのに慣れすぎたのか……経験の差というのは恐《おそ》ろしいものだ）

バルキアスとイフリアの猛攻《もうこう》を受けて押《お》され気味のケルノスを見たサエモンは、アタルたちに出会わなければ、地獄の門の試練を超えることができなければ、自分が同じような状況になっていたかもしれないと考えていた。
『こんのおおお！』
気合の入ったバルキアスの爪がケルノスの頬《ほお》をかすめる。
『焔の爪』
それを見たイフリアも自らの爪に力を込めて、攻撃をしていく。
腕《うで》のあたりをかすめたイフリアの爪は、触れた部分から燃やしていく。
『ちっ！　燃えろ！』
ケルノスは、イフリアの蒼い炎を黒い炎でなんとか相殺《そうさい》する。
状況は全くといっていいほど好転しないため、ケルノスの苛立ちと焦りは募《つの》っていく。
どうすれば目の前のこの二匹を殺すことができるのか。
そう考えた瞬間、バルキアスとイフリアはケルノスから急に距離《きょり》をとった。
『――なにを？』
何をしようとしているのか、疑問に思った瞬間にはアタルが攻撃に移っていた。
「これが俺の新しい武器だ」
アタルは地面に伏《ふ》せてスコープを覗《のぞ》き込んでいる。
一見すれば、以前と変わらないスナイパーライフル。

しかし、より強力な弾丸を撃《う》ちだせるように銃身《じゅうしん》を強化している。それは地獄の門の向こうでの成果の一つだった。

威力の高い弾丸を撃ちだすことのできるこの銃は連射するのは難しいが、一発の威力においては最強ともいえる武器である。

弾丸の速度、弾丸を撃ちだす強さ。そして、弾丸自体が持つ力。それら全てを活《い》かすための強化。

「さらば」

その一言とともにアタルは引き金を引いた。

まだそれが自身に狙《ねら》いをつけていることに気づいてないケルノスだったが、なにかがおかしいと気づいて視線をアタルたちに向ける。

『あっ』

その言葉を最期にケルノスは一瞬で意識を失った。

その弾丸はケルノスに当たったと思った次の瞬間には、ケルノスの周辺の空間ごと巻き込んで呑み込むと、魔力も炎も身体も神力も全て一緒《いっしょ》にぐしゃぐしゃにしていく。

今回使った弾丸は、アタルの玄武《げんぶ》、キャロの青龍《せいりゅう》、リリアのダイアモンドドラゴン、サエモンのアメノマの力を込めた一発。

玄武が強固な弾丸を生成し、青龍が弾丸の熱を抑《おさ》え、ダイアモンドドラゴンは弾丸の射出を後押《あとお》しし、アメノマは弾丸からあふれようとしている力を封《ふう》じている。

この強力な一発の名称《めいしょう》は重力弾《じゅうりょくだん》。

弾丸としてはアタルが前々から構想してひとまず作っていたが、今までのスナイパーライフルでは弾丸自身が強力すぎるため、力を受け止めきれず、どうしても撃つことができなかった。

「……こいつはなかなかとんでもないものを作ってしまったな」

まだ重力弾の影響は消えておらず、バチバチと音をたてながら周囲の空間の重力に干渉《かんしょう》している。

『アタルさまあああああ！　なにあれっ！』

バルキアスは全力でケルノスから離《はな》れてきたため、すぐにアタルのもとへと到着《とうちゃく》する。

『なにかやらかすとは思っていたが、なんだあれは！』

イフリアも同様にやってきて、先ほどの弾丸の正体を問いかける。

「あぁ、あれが俺の新しい攻撃《こうげき》方法だ。イフリアがいてくれれば強力な弾丸を使うことができるんだが、単独……まあ、今回もみんなの力を借りたが、俺一人でも強力な攻撃ができないかって門の中で話し合ってな」

その結果が強化型のスナイパーライフルということだった。

「みんなも色々と新しい力を手に入れたみたいだから、今後の戦いが楽しみだな」

アタルがそんなことを話している横で、聖神は完全に固まっていた。

「あ、あれはなんだ！」

そして、アタルにつかみかかって質問をする。

なにが起こったのか神の目でも理解できないでいた。

「あぁ、あれは重力弾っていってな。そこに神の力をこめたものだ。あいつが隙だらけだったから、簡単に当てられそうだなって試《ため》した」

ざっくりとした説明をするアタルに対して、聖神はアタルと重力弾の残した影響を何度も見比べている。

「…………はあ、とにかくワシの理解が及ばないということだけはわかった。こんなものをこちらに送り込むとは本気で邪神を討《う》つつもりじゃな」

がっくりと肩《かた》を落とした聖神は、創造神の考えを予想してため息を吐く。

「まあ、今となってはこの世界が俺の住む地だからな。世界を守るため――というのは違《ちが》うが、俺たちの邪魔《じゃま》をする馬鹿どもくらいは自分たちで倒せないと」

世界を守るというのは自分にしては壮大《そうだい》すぎる言葉だと思い直して、邪魔な馬鹿を倒すとアタルは言い直す。

「ほっほ、そのくらいのほうが気負いなく勝てそうじゃな。お主らのおかげで地獄の門を守れた。これが壊されていたら、色々と面倒《めんどう》なことになっていたじゃろうて、ありがとう」

アタルが先制で弾丸を放ったことで、ケルノスが門を破壊するのを阻止できた。

自分がずっと守ってきたそれを守ってくれたことに聖神は心から感謝している。

「俺たちのことを完全に舐めていた馬鹿筆頭に好きにさせるわけにはいかなかったからな。しかし、邪神側の神がこうやってほいほいとやってくるとなると、なかなか面倒そうだ」

ケルノスのように手下の神たちが復活してきたのであれば、邪神自身も同じようにどこかで封印《ふういん》解除されているはずである。

今回は地獄の門の試練で、自分たちの強化を行うことができた。

しかし、アタルたちだけですべての神々と戦うのは難しい。

過去のコウスケたちが邪神たちと対等に戦うことができたのは、彼ら側にも味方の神がいたことが大きい。

「――さて、まだまだやることがあるな」

先のことを考えると頭が痛くなるが、それでも自分たちが強くなれたことは、自信に繋《つな》がっていて、その分だけ気持ちも軽くなっている。

「はあ……なんともとんでもないことがあるもんじゃ」

人間たちにこれほどまでに驚《おどろ》かされることがあるものかと聖神はため息をついていた。

「ならば戦う時になったらワシも力を貸そう。これ以上加護を他の者たちに与えることはできんが、その場での強化くらいならしてやれるじゃろ」

聖神はアタルたちに肩入《かたい》れする気満々であり、それが自分の最後の役目かもしれないとすら思っている。

「あぁ、その時は頼《たの》む」

ふっと笑ったアタルに、聖神も朗《ほが》らかな笑《え》みを返す。

「それじゃ、次の場所に向かうとするか——今度はどこにするか……」

この国で強くなれる場所ということで地獄の門にやってきたが、それ以降のことは全く考えていない。

「だったら、少し私の目的に付き合ってもらってもいいか？」

そう確認してきたのはサエモン。

彼は地獄の門の中で成長することができたが、まだ足りないものがあるとも感じている。

「別に構わないが……どういうやつだ？」

アタルの質問にサエモンは刀を抜《ぬ》いて前に出す。

「この刀は強力なものだが、神との戦いを最後までくぐり抜けられるとは思えない。だから、新しい刀が必要となる」

セイエイとの戦いの中で、自分の刀がそろそろ寿命《じゅみょう》を迎《むか》えることを指摘《してき》された。

アタルの銃は創造神がありとあらゆる強化を施《ほどこ》しており、壊《こわ》れることはない。

キャロとリリアの武器も神の武器であるため、壊れることはそうそうない。

だからこそ、サムライとしてその魂でもある、自分だけの一振《ひとふ》りが必要だと考えていた。

「なるほどな……わかった。次はその金属探しと職人探し、だな」

「はいっ！」

「おー！」

『いこう！』

『仕方ない、我も付き合おう』

仲間であるサエモンの願いに反対する者は一人もいなかった。

「ならばしばらく役目もないであろう地獄の門は邪神どもに見つからんように隠《かく》れてもらおうかの」

地獄の門の前で聖神が右手をあげて、下ろす。

それに合わせて地獄の門は地響《じひび》きとともに地中へと封印されていった。

「今後、あの門を知り、用事があるものは、お前さんらしかおらんじゃろうから、ここにある必要はないじゃろう。地獄の門と一緒にワシもしばらくは眠《ねむ》りにつくでの。もしも力が必要になったら、これを使って呼んどくれ」

そう言うと、聖神は一枚のカードのようなアイテムをアタルに渡《わた》す。

「これは？」

「それは魔道具の一種で、『神の一手』じゃよ。ワシの魂と繋がりがある。必要な時に魔力を流しこめば、あら不思議。ワシが参上するという仕組みじゃよ」

茶目《ちゃめ》っ気《け》たっぷりにそこまで説明すると聖神の身体が薄《うす》くなっていく。

「ではの、必要になった時にまた会おう――」

アタルたちの返事を聞く前に、聖神はすうっと薄くなるとそのまま消えてしまった。

「やはり神というものは不思議な力を持っているな……さて、フィンも待っているだろうし、出るとするか」

新たな力を得て、いくつもの戦いを通して強くなったことを実感したアタルたちの足取りは軽い。

晴《は》れ渡る空の下、サエモンの最強の武器を求めてアタルたちは新たな旅に出る――。

あとがき

『魔眼と弾丸を使って異世界をぶち抜く！　16巻』を手に取り、お読み頂き、誠にありがとうございます。

今巻でも素晴らしいイラストを描いて頂いた赤井てらさんにはとても感謝しています。いつもこちら側のイメージをうまく汲み取っていただいて、魅力的なキャラやイラストを作り上げてくださり、本当にありがとうございます。

その他、編集・出版・流通・販売に関わって頂いた多くの関係者のみなさん、またお読みいただいた皆さまにも感謝を再度述べつつ、あとがきとさせていただきます。

最後に、次巻となる17巻の発売は夏予定となっております。

また皆さんのもとにアタルたちの物語をお届けできるように頑張ります。

HJ NOVELS
HJN31-16

魔眼と弾丸を使って異世界をぶち抜く！　16

2023年3月20日　初版発行

著者——かたなかじ

発行者—松下大介

発行所—株式会社ホビージャパン

〒151-0053
東京都渋谷区代々木2-15-8
電話　03(5304)7604（編集）
03(5304)9112（営業）

印刷所——大日本印刷株式会社

装丁—— 木村デザイン・ラボ／株式会社エストール

ISBN978-4-7986-3141-7　C0076

ファンレター、作品のご感想お待ちしております
〒151−0053　東京都渋谷区代々木2−15−8
(株)ホビージャパン HJノベルス編集部 気付
かたなかじ 先生／赤井てら 先生

信じていた仲間達にダンジョン奥地で殺されかけたが
ギフト『無限ガチャ』で
レベル9999の仲間達を手に入れて
元パーティーメンバーと世界に復讐&
『ざまぁ!』します!
「小説家になろう」
四半期総合ランキング
第1位
(2020年7月9日時点)
①〜⑨巻
好評発売中!!
レベル9999で
圧倒的無双!!!!!!
明鏡シスイ
イラスト/tef

コミカライズも連載中の
スナイパー英雄譚！
著／かたなかじ
イラスト／赤井てら
漫画：瀬菜モナコ
原作：かたなかじ　キャラクター原案：赤井てら
発売予定!!

魔眼と弾丸を使って
異世界をぶち抜く！
第19巻 2024年春

HJ NOVELS
HJN69-03

フェンリルに転生したはずがどう見ても柴犬3
柴犬(最強)になった俺、もふもふされながら神へと成り上がる

2024年3月19日　初版発行

著者――六升六郎太

発行者―松下大介
発行所―株式会社ホビージャパン
〒151-0053
東京都渋谷区代々木2-15-8
電話　03(5304)7604（編集）
　　　03(5304)9112（営業）

印刷所――大日本印刷株式会社

装丁――ansyyqdesign／株式会社エストール

Printed in Japan

ISBN978-4-7986-3387-9　C0076